Assombrações

Domenico Starnone

Assombrações

tradução
Maurício Santana Dias

todavia

Primeiro capítulo 7
Segundo capítulo 53
Terceiro capítulo 111

Apêndice
O jogador alegre 149

Primeiro capítulo

I.

Certa noite, Betta me telefonou mais nervosa do que o normal para saber se eu podia cuidar do filho enquanto ela e o marido participavam de um congresso de matemáticos em Cagliari. Eu morava em Milão havia uns vinte anos, e me deslocar até Nápoles, para a velha casa que herdara dos meus pais e onde minha filha morava desde antes de se casar, era algo que não me entusiasmava. Estava com mais de setenta anos, e uma longa viuvez me desabituara do convívio humano: só me sentia à vontade na minha cama e no meu banheiro. Além disso, semanas antes eu passara por uma pequena cirurgia que, já no hospital, parecia ter causado mais estrago que benefício. Embora os médicos aparecessem no meu quarto noite e dia para me dizer que tudo correra bem, a hemoglobina estava baixa, a ferritina deixava a desejar e, numa tarde, avistei umas cabecinhas brancas de gesso inclinando-se sobre mim da parede em frente. Fizeram imediatamente uma transfusão de sangue, a hemoglobina subiu um pouco e por fim me mandaram para casa. Mas a recuperação estava sendo difícil. De manhã eu me sentia tão fraco que, para ficar de pé, precisava juntar todas as minhas forças, agarrar as coxas com os dedos, pender o tronco para a frente como se fosse a tampa de uma mala e tracionar os músculos dos membros superiores e inferiores com uma determinação que me tirava o fôlego; e somente quando a dor nas costas aliviava, eu conseguia erguer o esqueleto inteiro, mas com cautela, descolando devagar os dedos das coxas e abandonando os braços pelos flancos com um estertor que durava até alcançar definitivamente a postura ereta. Por isso, ao ouvir o pedido de Betta, minha resposta espontânea foi:

— Esse congresso é tão importante assim?

— É trabalho, papai: vou fazer a conferência de abertura, e o Saverio vai falar na tarde do segundo dia.

— Quanto tempo isso vai durar?

— De 20 a 23 de novembro.

— Então eu teria de ficar sozinho com o menino por quatro dias?

— Salli vai vir todas as manhãs, arrumar a casa, cozinhar para vocês. De todo modo, Mario é completamente autônomo.

— Aos três anos, nenhum menino é autônomo.

— Mario tem quatro.

— Nem aos quatro. Mas a questão não é essa: tenho um trabalho urgente para terminar e ainda nem comecei.

— O que é?

— Ilustrar um conto de Henry James.

— Qual é a história?

— Um sujeito que volta à antiga casa em Nova York e encontra um fantasma, quer dizer, topa com ele mesmo como teria sido caso houvesse se tornado um homem de negócios.

— E quanto você demora para desenhar as figuras de uma história como essa? Falta quase um mês, você tem tempo. Em todo caso, se não terminar em vinte dias, pode trazer o trabalho para cá. Mario está habituado a não incomodar.

— Na última vez, ele só queria ficar no colo.

— A última vez foi há dois anos.

Betta me criticou, disse que eu estava em falta como pai e como avô. Reagi num tom afetuoso e prometi que ficaria com o menino pelo tempo que fosse necessário. Perguntou quando eu pretendia ir, exagerei na resposta. Como sentia minha filha mais infeliz do que de costume, como durante minha convalescença ela me ligou no máximo três ou quatro vezes, como seu desinteresse me pareceu um modo de punir o meu, prometi que chegaria a Nápoles uma semana antes do congresso, para que o menino se habituasse a minha companhia. E acrescentei com falso entusiasmo que estava morrendo de vontade de bancar o vovô, que ela podia ir com o coração leve, que eu e Mario nos divertiríamos muito.

Mas, como sempre, não consegui manter a promessa. O jovem editor para quem eu estava trabalhando me pressionava, queria ver em que pé estavam as coisas. E eu, que não conseguia avançar muito por causa da convalescença interminável, tentei terminar às pressas duas ilustrações. Mas numa manhã voltei a perder sangue e precisei correr ao médico, que, mesmo dizendo que estava tudo em ordem, marcou nova consulta para a semana seguinte. Assim, entre uma coisa e outra, acabei viajando só no dia 18 de novembro, depois de ter enviado à editora as duas ilustrações ainda mal-acabadas. Fui para a estação de trem num estado de tédio e descontentamento, a mala feita ao acaso e nenhuma lembrancinha para Mario, exceto dois volumes de fábulas que eu mesmo tinha ilustrado muitos anos antes.

Foi uma viagem atormentada por suores de fraqueza e pela vontade de voltar a Milão. Chovia, eu estava tenso. O trem cortava rajadas de vento que encobriam as janelas com estrias tremulantes de chuva. Em vários momentos tive medo de que os vagões saltassem dos trilhos, arrastados pela tempestade, e constatei que quanto mais se envelhece, mais se quer continuar vivo. Contudo, uma vez em Nápoles, me senti melhor, apesar do frio e da chuva. Saí da estação e em poucos minutos cheguei ao prédio de esquina que eu conhecia bem.

2.

Betta me acolheu com um afeto que — aos quarenta anos, às voltas com o malabarismo cotidiano — eu não esperava que fosse ainda possível. Para minha surpresa, mostrou-se preocupada com meu estado de saúde e exclamou: como você está pálido, como está magro, e se desculpou por nunca ter ido me visitar enquanto estive no hospital. Quando me perguntou sobre médicos e exames com certo alarme, tive a suspeita de que quisesse saber se não era arriscado deixar o menino comigo. Tranquilizei-a e passei a lhe fazer mil elogios, com as mesmas frases hiperbólicas que eu usava desde que ela era pequena.

— Como você está bonita.

— Que nada.

— Melhor do que uma atriz de cinema.

— Estou gorda, lunática, velha.

— Está brincando? Nunca vi mulher mais atraente. É verdade, seu caráter é como uma casca de árvore; mas, quando se tira a casca, aparece uma sensibilidade lisa, de uma linda cor luminosa, como a de sua mãe.

Saverio tinha ido buscar Mario na escolinha, e já estavam voltando. Esperei que ela me levasse até meu quarto para repousar um pouco. Nas raras vezes em que eu ia a Nápoles, dormia no grande cômodo ao lado do banheiro, com uma pequena sacada semelhante a uma plataforma de lançamento que dava para a piazza Garibaldi. Cresci ali com meus irmãos, e era o único canto da casa que eu não detestava. Gostaria de ficar ali, deitado na cama, nem que fosse por uns minutos. Mas Betta me segurou na cozinha — eu, a mala, a bolsa de pano — e desandou a se queixar de tudo, do trabalho na universidade, de Mario, de Saverio, que deixava a casa e o menino nas suas costas, de tantas outras coisas insuportáveis.

— Papai — quase gritou a certa altura —, eu *realmente* não aguento mais.

Estava rente à pia, lavando umas verduras, mas pronunciou a frase virando-se para mim com uma torção brusca e violenta. Em poucos segundos a vi — de modo totalmente inusitado — como a pura matéria dolente que sua mãe e eu, quatro décadas antes, tínhamos lançado no mundo com leviandade culpável. Aliás, não, Ada não, eu: minha mulher tinha morrido tempos atrás, já não era responsável por isso. Betta era a minha, *somente minha*, grande célula dispersa, a membrana já muito gasta. Ou pelo menos assim a imaginei por um instante. Depois se escutou o barulho da porta da entrada. Minha filha se ajeitou depressa, disse eles chegaram com uma mistura de alegria e repulsa, Saverio apareceu — o atarracado e cerimonioso Saverio, de rosto largo, tão distante da elegância longilínea de Betta —, ao lado de Mario, baixinho, moreno como o pai, os olhos grandes no rosto fino e os cabelos ruivos, um casaco azul, punhos de felpa azul.

O menino ficou à espera por uns segundos, emocionado. Não puxou nem um pouco a Betta, pensei, é a cara do pai. Entretanto, senti com uma ponta de angústia que era a palavra *vovô* que se encarnava diante dele — um desconhecido, de quem se esperava um fluxo irrefreável de maravilhas — e abri os braços com certa teatralidade. Mario, falei, venha, meu lindo, venha, como você cresceu. Então ele correu para mim e precisei carregá-lo, dando às frases uma tonalidade festeira, ainda que a voz saísse engasgada pelo esforço. Agarrou-se ao meu pescoço com grande energia e me beijou a bochecha como se quisesse perfurá-la.

— Assim não, você está sufocando ele — interrompeu o pai, e logo Betta também lhe disse que me soltasse:

— Vovô não vai embora, vocês vão ficar sempre juntos nestes dias, ele vai ficar no seu quarto.

Aquilo foi uma péssima notícia para mim, imaginei que uma criança de poucos anos dormisse com os pais. Tinha esquecido que eu mesmo, em tempos distantes, quis que Betta dormisse no berço do quarto ao lado, embora Ada não conseguisse pregar o olho só de pensar em não ouvir os vagidos ou pular uma mamada. Me lembrei disso agora, no exato momento em que punha o menino no chão, e voltei a ficar incomodado, não queria que Mario percebesse. Fui até a bolsa de pano que, ao chegar, tinha apoiado ao lado da mala e peguei os dois volumes finos que pensava em lhe dar de presente.

— Olha o que eu lhe trouxe — falei. Mas, só de tocar os dois livros, lamentei não ter comprado algo mais atraente e temi que ele se decepcionasse. Mas o menino pegou os volumes com interesse e, murmurando um educadíssimo obrigado — foi a primeira palavra que o ouvi pronunciar —, passou a examinar as capas.

Saverio, que deve ter pensado exatamente como eu que o presente era inadequado e com certeza mais tarde diria a Betta: seu pai como sempre não fez bonito, apressou-se em exclamar:

— O vovô é um artista importante, veja como os desenhos são bonitos, foi ele que fez.

— Vocês vão vê-los juntos mais tarde — disse Betta —, agora tire o casaco e venha fazer xixi.

Mario esboçou uma reação, mas depois deixou que a mãe o despisse, atento sobretudo a não largar os dois livrinhos. Levou-os com ele mesmo quando a mãe o arrastou à força ao banheiro, e eu me sentei constrangido, sem saber o que falar com meu genro. Disse uma frase qualquer sobre a universidade, sobre os estudantes, sobre o peso de ensinar, único assunto pelo qual, na minha memória, ele se entusiasmava, além de futebol, que no entanto não me interessava minimamente. Mas Saverio desconversou quase de pronto e, de surpresa — visto que nunca houve intimidade entre nós —, começou a falar com fórmulas um tanto empoladas mas sofridas sobre seu descontentamento existencial.

— Não tem trégua nem felicidade — murmurou.

— Sempre há um pouco de felicidade.

— Não, eu só sinto veneno.

No entanto, assim que Betta voltou, ele cortou nitidamente a confidência e passou a falar de modo confuso sobre a universidade. Estava na cara que marido e mulher mal se toleravam. Minha filha acusou Saverio de ter deixado não sei bem o que em desordem e, nesse meio-tempo, acenando a Mario, que voltava com meu presente bem apertado nas mãos, disse enfática para mim: o resultado é que *este aqui* está crescendo pior do que o pai. Logo em seguida levou minha mala e a bolsa num gesto brusco, prometendo com uma risadinha sarcástica que lá dentro certamente havia o necessário para trabalhar, mas não camisas, meias e cuecas.

Quando ela sumiu no corredor, o menino pareceu aliviado. Apoiou um dos volumes na mesa, ajeitou o outro sobre minhas pernas como se fossem uma escrivaninha e começou a folheá-lo página por página. Fiz um carinho em seus cabelos e ele, talvez encorajado pelo meu gesto, me perguntou seriíssimo:

— Foi você mesmo que fez as figuras, vovô?

— Com certeza. Você gosta?

Ele pensou um pouco.

— São meio escuras.

— Escuras?

— É. Da próxima vez, faça mais claras.

Saverio se apressou em intervir:

— Não, escuras coisa nenhuma, estão ótimas assim.

— São escuras — Mario repetiu.

Peguei delicadamente o livro e examinei algumas das ilustrações. Ninguém nunca me dissera que eram escuras. Falei para o menino: não são escuras; e acrescentei num tom meio ressentido: mas, se você as vê escuras, deve haver algum problema. Folheei o livro com atenção, notei defeitos que nunca me incomodaram e murmurei: talvez tenha sido um problema de impressão. E fiquei amargurado, nunca pude tolerar que o descaso alheio estragasse meu trabalho. Repeti várias vezes, falando com Saverio: sim, são escuras, Mario está certo. Então, misturando queixas a detalhes técnicos, passei a falar mal de todos esses editores que exigem muito, gastam pouco e estragam tudo.

O menino ficou escutando por um tempo e depois se entediou, perguntou se eu queria ver seus brinquedos. Mas eu já estava com a cabeça em outro lugar e respondi rispidamente: não. Foi um segundo, me dei conta de que a recusa tinha sido muito direta, pai e filho já me olhavam desconcertados. Acrescentei: amanhã, querido, agora o vovô está cansado.

3.

Naquela noite entendi definitivamente que, para Betta e Saverio, o congresso de Cagliari era antes de tudo um pretexto para escapar dos olhos e ouvidos do filho e brigar sem nenhum controle. Se durante a tarde eles só trocaram raríssimas frases, que mais pareciam informes burocráticos, no jantar nem se deram a esse trabalho, falando sobretudo com Mario e comigo para que o menino conhecesse todas as minhas proezas, e eu, todas as dele. Ambos usaram tons infantiloides e quase sempre começavam suas falas com *sabe que o vovô* ou *agora mostre ao vovô*. O resultado é que Mario ficou sabendo de todos os muitos prêmios do vovô, que eu era mais famoso que Picasso, pessoas importantes expunham obras minhas em suas casas; e eu fiquei sabendo que Mario sabia atender corretamente o telefone, escrever o próprio nome, usar o controle remoto, cortar a carne sozinho com uma faca de verdade, comer tudo que estava no prato sem resmungar.

Foi uma noite interminável. O menino não desgrudou os olhos de mim em nenhum momento, parecia querer me fixar na memória com medo de que eu desaparecesse. Quando fiz uma dessas velhas brincadeiras estúpidas para ele, como as que eu fazia para alegrar Betta na infância — do tipo fingir que meu polegar apertado entre o indicador e o médio fosse o nariz que eu arrancava —, ele gesticulou com um sorrisinho entre divertido e constrangido, golpeando o ar com a mão, como para me punir por aquelas tolices. Na hora de ir para a cama, tentou insinuar: vou quando o vovô também for. Mas os pais atalharam quase em uníssono, ambos sem nenhuma ternura. A mãe exclamou: você vai para a cama quando a mamãe falar que é para ir; e o pai disse: está na hora de dormir, apontando um relógio na parede como se o filho já soubesse decifrá-lo. Então Mario resmungou um pouco e só conseguiu que eu fosse ver como ele sabia tirar a roupa sem nenhuma ajuda, como sempre sem ajuda ele vestia o pijama, como colocava a pasta na escova com precisão, como sabia escovar interminavelmente os dentes.

Contemplei o espetáculo admirado. Disse um número infinito de vezes: como você é esperto; e Betta me recomendou um número infinito de vezes: não vá mimar o menino.

— Mas — acrescentou séria de repente, olhando o filho — ele é realmente esperto para a idade. Você vai ver.

Nessa altura, mãe e filho anunciaram que se retirariam para ler a fábula da noite. Acompanhei-os sem vontade até o local que não era mais o meu quarto. Mario ainda não sabia ler, mas — sublinhou Betta — estava adiantado. Ambos queriam me demonstrar aquilo, e de fato o menino, com um pouco de ajuda materna, leu algumas palavras. Enquanto isso, lancei um olhar ávido à caminha que tinha sido arrumada para mim e pensei que, só por poder deitar, estaria disposto a ouvir a fábula também. Mas ao filho que pedia "fique mais um pouco, vovô", Betta se impunha, dizendo: "Não, papai, vá, agora vamos ler um pouco e depois dormir". Palavras que eram claramente uma ordem, tanto para o pequeno quanto para mim.

Saí do quarto e enveredei de má vontade — onde estava o interruptor? — pelo corredor escuro. Já em Milão, nos últimos tempos, o escuro não me agradava. Eu acendia todas as luzes de casa porque, depois da operação, a penumbra às vezes animava o inanimado, e eu tinha a impressão de ser agarrado pelos móveis, pelas paredes, coisa que atribuía à debilitada circulação sanguínea, ao cérebro pouco oxigenado. Então avancei com prudência, roçando as paredes com os nós dos dedos, mas mesmo assim vi um lampejo de meu pai sempre sombrio, lançando os cabelos para trás com ambas as mãos, minha mãe que, de fosca cinderela, às vezes se transmudava entre terrores e melancolias em senhora elegante de véu, minha avó que, vítima de derrame, agora estava sempre sentada em silêncio, *arrugnata*, vocábulo que no dialeto indica os corpos dobrados sobre si mesmos, curvos como um podão esquecido a enferrujar num canto.

O único ponto iluminado do apartamento era a cozinha. Meu genro estava lá, de péssimo humor mas solícito, e me apontou a cadeira que estava ao lado. Nem tive tempo de me acomodar e ele já me contava em voz baixíssima, falando quase ao pé do ouvido como a relação dele com Betta — dois anos de noivado, doze de convivência naquela casa, cinco de casamento — se desgastara. Foi inútil tentar mudar de assunto, mostrar de todas as maneiras que eu preferia não ouvir aquela conversa. Nada nos aproximava, e acima de tudo eu era o pai da mulher dele; mas ele continuou, era claro que estava mal e queria desabafar. Me disse que o Departamento de Matemática era chefiado por um sujeito recém-chegado que minha filha conhecia desde os anos de colégio, e que ela logo perdera a cabeça. Aquele matemático brilhante, um homem poderoso, lhe inoculara uma energia nova, de modo que a cada dia ela se esforçava em parecer mais bonita e elegante do que na véspera. Em pouco tempo a universidade se tornara para

Betta como um enorme recipiente cheio de uma substância licorosa, em que seu corpo frágil flutuava a todo instante, quase sem querer, na direção do corpanzil do recém-chegado — organismo, segundo Saverio, de coxas grossas e ventre pesado —, buscando tocá-lo, chocar-se com ele, e depois se esfregar, enredá-lo, arrastá-lo com ela para o fundo.

— Sua filha faz tudo isso — me sussurrou com olhos inchados de desespero — bem na minha cara.

O intolerável da questão estava aí, me repetiu várias vezes: Betta não se preocupava nem um pouco em disfarçar quanto estava violentamente atraída pelo chefe, buscando contato com ele pelos corredores, gabinetes, salas de aula, bares, sem se importar com a presença do marido, sem dar nenhum peso ao fato de que a qualquer momento ele podia estar ali, olhando. Betta se mostrara a Saverio cada vez mais encantada, sem nenhum pudor. Perguntava a ele todas as manhãs, antes de sair para o trabalho, se estava bem-vestida, se era suficientemente atraente. Em certa ocasião, soprara no ouvido de Saverio um sibilo de ciúme descontrolado quando o chefe apareceu com a esposa e a mulher se encostou efusivamente ao lado dele. Sem contar os cumprimentos lânguidos no início e no final do dia de trabalho: beijinhos no rosto que tendiam inadvertidamente, sempre mais, ao beijo na boca. E sem contar uma furiosa reivindicação de independência. Quando certa vez, fora de si por aquele comportamento, Saverio a levara por um dos túneis escuros da faculdade e lhe gritara quanto aquele seu comportamento o humilhava, ela respondera, estrilando: o que você quer, o que você está dizendo, está doido, faço o que quiser, e o deixou plantado ali para correr ao bar onde estava aquele potentíssimo ímã, que, enfatizava meu genro, se você o conhecesse, acharia pouco mais do que um aglomerado de vida do tipo daqueles que existiram antes da evolução da espécie, um pedacinho de merda.

Fiquei todo o tempo calado e o deixei desabafar. Seria inútil fazê-lo notar que o chefe, tal como ele o descrevia, parecia seu próprio retrato. Inútil dizer que evidentemente o tipo de homem que atraía Betta era corpulento e — assim como ele — sem beleza. A certa altura, tentei apenas dizer: são entusiasmos passageiros, Savè, no final o que conta são os hábitos, os afetos, Mario, que é um menino maravilhoso e seria uma pena atormentá-lo com essas brigas; confie em mim, deixe passar. A reação dele foi imediata, como o bote de uma cobra, e me impressionou muito: sim — ele disse —, essa mania passa, ela vai sossegar, mas eu — *eu* — vi tudo e fiquei com nojo, não a amo mais.

Eu gostaria de esclarecer aquele ponto — o nexo entre sua visão alucinada e o fim do amor —, mas ele se calou por causa dos passos de Betta no corredor, pareceu aterrorizado. Minha filha apareceu na soleira de camisola e ordenou ao marido com expressão desgostosa:

— Estou pronta, vamos dormir, papai está cansado. Enquanto tranco a porta e baixo as persianas, vá escovar os dentes.

Saverio fixou o chão por um longo instante e então se ergueu da cadeira com um arranque decidido, despedindo-se de mim com um imperceptível boa-noite. Betta esperou até ouvir o barulho da porta do banheiro se fechando e então me perguntou ansiosa, a voz inaudível:

— O que ele lhe disse?

— Que vocês estão com problemas.

— O problema é ele.

— Tinha entendido que o problema é você.

— Entendeu mal, Saverio vê o que não existe.

— Então você não está tendo um caso com um chefe de sei lá o quê?

— Eu? *Eu?* Vamos mudar de assunto, papai, Saverio é insuportável.

— Mas você está com ele há vinte anos.

— Fiquei porque em geral ele é equilibrado.

— E agora está desequilibrado?

— Sim, e também está me desequilibrando, o menino, a casa, tudo.

— Desculpe: está desequilibrado a ponto de vê-la colada a um estranho quando você de fato está afastada?

Betta fez uma expressão que a deixou feia.

— Não é um estranho, papai, para mim é um irmão.

Nesse instante seus olhos se encheram de lágrimas, gesto que, somado ao fato de que eu não tinha grande simpatia por seu marido, a tornou imediatamente sincera para mim. Então lhe disse: venha cá, se acalme, você é inteligente, é ótima em seu trabalho, Mario é esplêndido, vamos, vamos, façam essa viagem, conversem, e na volta tudo vai estar bem. Mas, sincera ou não, eu bem sabia que sempre a amaria e consolaria. Não suportava que ela chorasse quando pequena, e não suportava agora, que era adulta. Se você precisar mesmo chorar — lhe sussurrei —, chore quando eu estiver em Milão. Ela sorriu, eu lhe dei um beijo na testa, ela fungou, resmungou: vou lhe mostrar onde se fecha o gás. Não satisfeita, quis que eu mesmo girasse a chave para memorizar o gesto. Então passou a me dar mil instruções: onde ficava o disjuntor da força elétrica, cuidado com a porta da sacada, que era nova e não funcionava bem, o registro da água ficava embaixo da pia, a descarga do banheiro às vezes engasgava etc. Depois percebeu que eu não estava atento e murmurou, irritada: lhe escrevo tudo amanhã. Nesse meio-tempo, deve ter lhe voltado a dúvida de que eu talvez não estivesse à altura da situação em que ela me metera e perguntou, olhando bem nos meus olhos: você se sente capaz de cuidar do menino, não é? Jurei que sim e ela me beijou a bochecha — coisa que nunca tinha feito, nem mesmo na infância —, murmurando: obrigada.

Acompanhei-a com o olhar até ela sumir em seu quarto. Depois fui pegar minhas coisas na mala, atento para não fazer barulho, e me fechei no banheiro. Ali, enquanto me preparava para a noite com os movimentos lentos e incertos do cansaço, repensei aquelas primeiras horas em Nápoles e me arrependi mais uma vez de ter deixado Milão. Capaz coisa nenhuma. Devia ter dito com clareza que ainda estava convalescendo, que não podia ficar responsável por Mario, que não tinha vontade nenhuma de suportar seus problemas conjugais. Lembrei das frases e imagens embaraçosas daquela noite e não consegui afastar uma impressão — como se diz — de desregramento. Logo me pareceu que tudo naquela casa não tinha a roupa adequada. Ou talvez tivesse, mas era como se quem a vestisse fosse um magma betuminoso, ou um crocodilo, ou, sei lá, um bonobo, ou, pior ainda, protobiontes, organismos em sua primeira e cega conjunção. Betta, esfregando-se no colega, era desregrada; o marido, metido entre ela e o estranho — um amante, um irmão, um amante fraterno —, era desregrado; e desregradas também eram as paredes, o vento que soprava da marina, a cidade. Tempos depois da morte de minha mulher, dei uma olhada em seus papéis — eu também desregrado — e foi preciso pouco para entender que, enquanto eu andava dia e noite distraído nas duras batalhas pela minha afirmação artística — foram muitos, inumeráveis anos de distração, durante os quais o que mais contava para mim era perseguir minha inspiração —, ela me traía com frequência, já poucos anos depois de nos juntarmos. Por quê? Nem ela sabia explicar, formulava apenas hipóteses. Para se lembrar de que existia. Para dar a si uma espécie de centralidade. Porque, dentro de nossa relação, minha centralidade era excessiva. Porque seu corpo precisava de atenção. Por um cego movimento de vitalidade. Por trás da vida costumeira de cada dia — suspirei cheio de desgosto — há um diabrete malcriado que fingimos não ver, uma energia que nos anima a carne debelando de tanto em tanto toda compostura, mesmo nos mais disciplinados. Depois de ter acendido o abajur ao lado da minha cama, apaguei a luz do banheiro e a do corredor — três interruptores, apertei um ao acaso, era o certo. E finalmente deitei com um gemido longo e sufocado, sem sequer olhar para Mario, que estava na outra ponta do quarto, em sua pequena cama, entre uma multidão de brinquedos e desenhinhos pendurados na parede.

Do lado de fora o vento feroz prosseguia, a chuva se chocava contra o piso da sacada, a grade vibrava e o rumor invadia o quarto apesar dos vidros duplos. Dormi num instante, mas já no instante seguinte acordei suado, com a respiração cortada. Mario estava ao meu lado, de pé, com seu pijaminha azul. Disse: você se esqueceu de apagar a luz, vovô, mas eu mesmo apago, não se preocupe. De fato apagou, e o quarto imergiu no escuro, no vento, me aterrorizando. Ele então escapuliu sem medo para sua cama.

4.

Acordei certo de que eram quatro e quarenta, a hora exata — minuto a mais, minuto a menos — em que eu saía definitivamente do sono em Milão. Ainda havia rajadas de chuva. Acendi a luz, eram duas e dez. Levantei para ir ao banheiro, a mornidão que eu sentia sob as cobertas cedeu ao ar frio com um tremor. Ao voltar, dei uma espiada em Mario, que se descobrira no sono. Jazia de barriga para baixo, as pernas estendidas, um braço estirado rente ao corpo, o outro dobrado com a mão contraída em punho, ao lado da boca entreaberta. Toquei seus pés nus, estavam gelados. E se ele adoecesse justo quando os pais estivessem fora? Ajeitei os cobertores até a cabeça dele e fui sentar na beira de minha cama.

Eu estava entorpecido, com sono, mas tinha certeza de que, se deitasse, não conseguiria dormir: calor demais sob a pele que, no entanto, me parecia fria na superfície; e também estavam frios, quase insensíveis, os dedos dos pés e as extremidades. Peguei da mala o conto de Henry James e os lápis para rabiscar algum esboço, depois tornei a entrar sob as cobertas, as costas apoiadas na parede. Dei uma olhada no trabalho que tinha feito nas semanas anteriores, não gostei de nada, ao contrário, lamentei ter enviado ao editor, por pressa, aquelas duas ilustrações nem sequer terminadas. Reli alguns trechos do livro, tentei fixar uma ou duas imagens, mas sem concentração. Era como se o respiro de Mario, do vento, da chuva, e a realidade do quarto — do apartamento tal como Betta e Saverio o foram adaptando ao longo dos anos — fossem um obstáculo à fantasia. Então pus o conto de lado e me abandonei a uma sonolência em que a memória da velha disposição da casa assumiu uma nitidez capaz de esmaecer qualquer imagem real ou fantasiosa. Levantei de novo e comecei a traçar os ambientes em que eu havia crescido. Desenhei a entrada com a janela que dava para um terracinho sobre a doca. Desenhei a sala de estar, cuidada com esmero por minha mãe, com móveis recém-comprados, o sofá, as poltronas, os pufes, coisas que ela devia considerar de madame. Desenhei ela mesma e, imediatamente depois — tive a impressão de poder fazê-lo —, seu olhar sobre aquele ambiente amplo, luminoso, sobre a mesa com a borda em pequenas ondas, sobre a prataria de cobertura abaulada e quatro pontas, sobre a varanda de onde se avistava uma parte do Hotel Terminus. Desenhei o corredor com o aparelho telefônico preso à parede, o quarto dos meus pais, os dois na cama, meu pai sentado na beirada, de camiseta e cueca. E desenhei uma despensa cheia de coisas velhas, o banheiro enorme, o quarto que naquele exato momento eu dividia com Mario. Na época estava tomado de camas dobráveis, como um dormitório de caserna. Numa delas dormia minha avó, nas outras, de frente ou de costas, nós, os cinco filhos, um acampamento depois desmontado parcialmente. O quarto logo ficou com vovó e os três netos mais novos, enquanto eu e meu irmão — os netos mais velhos — passamos a arrumar nossa cama à noite na sala de estar, arruinando as pretensões aristocráticas de minha mãe.

Foi um trabalho frenético, há tempos não me ocorria sentir a mão tão desimpedida. Desenhei espaços e pessoas e objetos da memória reproduzindo até, numa espécie de *a parte* — no topo da folha, embaixo, em novas folhas —, detalhes e mais detalhes. Se durante toda a adolescência eu me gabara daquela capacidade — ela aos poucos impôs uma direção à minha vida: o professor de desenho do ginásio ficava espantado e dizia *este garoto já nasceu pronto* —, mais tarde, crescendo e estudando, aquele talento do corpo, do olho, dos nervos me pareceu tosco. Fui atrás de escolhas cada vez mais cultas e, consequentemente, cada vez mais distantes daquela minha habilidade que me parecia vulgar. Aos doze anos, os outros me consideravam um portento que encanta e angustia, e eu mesmo me sentia assim; mas aos vinte eu já tinha aprendido a desprezar a facilidade da mão como se fosse uma fraqueza. Me vi, me imaginei, experimentei desenhar a mim mesmo naquelas duas idades, aos doze e aos vinte. Mas de repente a mão voltou a travar. Me esforcei sem êxito, de novo os dedos se tornaram pesados e subalternos. Garatujei mais um pouco, palavras, esboços: como eu era, o que eu era, o que acontecera nos oito anos em que o crescimento se completara definitivamente. Por volta das quatro da manhã, parei. Que bobagem perder tempo assim. De que me servia aquilo? Olhei de novo as folhas repletas de desenhos, espantado com aquela inesperada irrupção de criatividade. E no amontoado de esboços, duas figurinhas bem precisas me chamaram a atenção: Betta e Saverio. Betta me saiu esplêndida, eu a colocara na cozinha de sessenta anos atrás, numa pose que minha mãe frequentemente assumia, e eu também. Ela se parece com você e com sua família, dizia Ada, como se, mesmo tendo sido ela quem a pôs no mundo, também naquele caso eu a tivesse excluído. Já meu genro, parecidíssimo, estava na cozinha de hoje — poucos traços — e não tinha nenhum esplendor. Eu o retratara como um estranho sinistro, apagara involuntariamente qualquer valor que pudesse ter. Desliguei a luz, puxei o cobertor até a cabeça e dormi na hora em que costumava acordar em Milão.

5.

Mas não dormi muito, despertei por volta das seis. Nada mais de vento, talvez nem de chuva. Quando saí para o corredor, errei de interruptor e acendi a luz do quarto. Apaguei-a imediatamente, esperando que o menino não tivesse acordado, e fui me barbear e lavar o rosto.

No entanto torci para que pelo menos Betta tivesse acordado com o barulho que eu fiz; mas, mesmo quando saí do banheiro, a casa estava silenciosíssima. Fui até a cozinha, achei com dificuldade uma panelinha que me pareceu boa para ferver a água, mas nada de chá. Diante do fogão, não sabia o que fazer. Onde estavam os fósforos? Ou o acendedor do gás? Fiquei ali, imóvel, bloqueado, quando Mario apareceu ao meu lado, a cara ainda sonolenta.

— Oi, vovô.

— Acordei você?

— Acordou.

— Me desculpe.

— Não tem problema: posso lhe dar um beijo?

— Sim, me dê.

Vi que ele pusera criteriosamente sobre o pijama um agasalho de lã laranja e, nos pés, chinelos da mesma cor. Elogiei o menino e me inclinei para receber e dar um beijo.

— Posso dar estalado? — perguntou.

— Pode.

Deu um beijo bem estalado em minha bochecha e então me perguntou com o tom cerimonioso de Saverio se eu precisava de algo.

— Você sabe como se acende o gás? — perguntei.

Fez sinal que sim. Primeiro me lembrou de que era preciso girar a chave e, embora fosse evidente que eu já tinha feito isso, quis mesmo assim me explicar como se fazia: assim, olhe, o gás não chega; mas, se girar, ele chega. Depois arrastou uma cadeira para o meu lado, advertindo-me de antemão que não faria barulho: o papai colou nos pés de todas as cadeiras uns quadradinhos de feltro. Então a escalou com destreza e me instruiu sobre a simbologia que indicava a escolha da chama correta. Mas o que realmente me espantou — e me alarmou — foi que ele sabia usar as bocas: pressionou uma manopla, a fez girar, fixou atentamente as faíscas até que a chama acendeu, esperou alguns segundos, soltou a manopla.

— Viu? — disse satisfeito.

— Sim, mas pode deixar que eu coloco a panela.

— Não vamos preparar o café para todo mundo?

— Não sei o que você toma, nem mamãe, nem papai.

— Eu sei. Mamãe e papai tomam café com leite, e eu, somente leite.

— E além disso?

— Tem de tostar o pão para mamãe, eu e papai comemos biscoitos, e espremer umas laranjas para todos. Você quer suco de laranja?

— Não.

— É bom.

— Não quero.

Passou a me indicar onde estavam as laranjas, o espremedor, como fazer para que as torradas não queimassem, espalhando um cheiro que incomodava seu pai, em que prateleira estavam os saquinhos de chá preto e os de chá verde, atrás de que portinha ficava a máquina de café, onde estava a chaleira — porque a panelinha que eu escolhera era inadequada —, onde estavam as toalhas para pôr a mesa. Como ele falava naquela manhã, e com que propriedade. A certo ponto, me perguntou, preocupado:

— Você conferiu a validade do leite?

— Não, mas se está na geladeira é porque não deve estar vencido.

— De todo modo é preciso checar, mamãe às vezes se distrai.

— Veja você — falei para zombar dele.

Ele esboçou um sorriso embaraçado, golpeou o ar com a mão como na noite anterior e admitiu de má vontade:

— Não sei conferir.

— Então há algo que você não sabe fazer.

— Sei que é preciso colocar um pouco de leite numa panelinha, acender o gás e ver se coalha.

— Coalha? O que significa coalha?

Baixou os olhos, ficou vermelho, voltou a me olhar com um sorrisinho torto. Estava ansioso, não suportava fazer feio. Disse a ele: pule, segurei sua mão e o ajudei a pular da cadeira. Depois, para convencê-lo de que eu continuava lhe dando crédito, perguntei: o que mais devemos fazer? Eu estava admirado — não sei se achando graça, achando graça talvez não — com o riquíssimo vocabulário dele e com o modo como dominava tudo. Eu, pelo que me lembrava, e pelo que minha mãe e minha avó contavam sobre mim, tinha sido um menino quase mudo e sempre distraído. A imaginação prevalecia sobre o senso de realidade, mesmo já adulto eu nunca soube participar ativamente da vida prática, a única coisa que achava que sabia era desenhar, pintar, combinar matérias coloridas de todo tipo. Fora desse campo eu não tinha inteligência, não tinha memória, conseguia conceber pouquíssimos desejos, dava pouca importância às obrigações da vida civil, sempre deleguei a outros, sobretudo a Ada.

Já esse menino, mesmo tendo pouco mais de quatro anos, demonstrava uma atenção ao mundo semelhante à dos índios, que eram capazes de aprender as técnicas mais complexas dos ourives chegados com os conquistadores pela simples observação. Ele me guiou passo a passo. Sob suas ordens, pus a mesa da cozinha. Depois me indicou o café, Betta tomava o descafeinado, Saverio, o normal. Então preparamos juntos as cafeteiras, juntos usamos o espremedor, e ele me censurou várias vezes porque eu tendia a jogar fora as cascas de laranja com a polpa densa de suco nas bordas. *Juntos* significou quase sempre que, mesmo nas ações para as quais ele não tinha a força ou a destreza necessárias, quis que fossem executadas colocando as mãos dele sobre as minhas, e se chateava se eu tentasse excluí-lo.

— Foi sua mãe quem lhe ensinou todas essas coisas?

— Papai. Ele nunca faz nada sozinho, eu sempre devo ajudá-lo.

— E mamãe?

— Mamãe é nervosa, grita e faz tudo depressa.

— Papai já lhe disse que você nunca deve acender o gás?

— Por quê?

— Porque você se queima.

— Se uma pessoa sabe que pode se queimar, fica atenta e não se queima.

— É possível se queimar mesmo estando atento. Me prometa que, enquanto estivermos juntos, você nunca vai acender o gás sem mim.

— Quando você estiver presente eu não vou me queimar?

— Não.

— E se você se queimar?

Quis me tranquilizar no caso de eu me queimar. Disse que no banheiro havia uma gaveta com uma cruz vermelha na portinha. Ali havia uma pomada que ele já conhecia, porque nas vezes em que se queimara o pai a espalhara na sua pele, fazendo a dor passar.

— Não é grudenta — me garantiu, e justo quando eu já não aguentava mais entretê-lo, mas já começava a me sentir enredado naquele seu tom de manual de uso, Betta apareceu. Dei um suspiro de alívio. *Ommadonna*, exclamou minha filha, fingindo grande entusiasmo diante da mesa posta.

— Eu e o vovô preparamos tudo.

Ela fez elogios ao menino, o carregou nos braços, o encheu de beijos no pescoço, arrancando-lhe risos de cócegas.

— É bom ficar com o vovô, hein?

— É.

Betta se virou para mim:

— E você está bem com o Mario, papai?

— Muito.

— Ainda bem que você decidiu vir.

Então Saverio também apareceu, e o menino logo acendeu — sem que ninguém se preocupasse — as chamas sob o café descafeinado e o normal. Coloquei dois saquinhos na chaleira que fervia e finalmente fomos tomar o café da manhã, um desjejum muito distante daqueles solitários e frugais que eu fazia todas as manhãs em Milão. Não houve um segundo de silêncio, os pais — embora ainda mais hostis um com o outro — não pararam de incentivar o falatório do filho. Mas logo em seguida Betta anunciou que precisava se apressar, teria um dia cheio e — se queixou — ainda não tinha feito a mala, não pensara no que iria usar em Cagliari, e no dia seguinte acordaria às quatro, já que o avião decolava às nove. Porém — me disse — preparei uma lista das coisas que você precisa fazer quando a gente viajar; preste atenção, papai. Depois disso, saiu arrastando Mario, que tinha de se vestir e escovar os dentes para ir à escola, mas repetia sem parar: não quero ir, quero ficar com o vovô.

Perguntei cheio de dedos a Saverio:

— Nos próximos dias vou ter de levar o menino à escola?

— É melhor perguntar à sua filha, a mim ela não disse nada.

— Tente confiar mais nela, você está muito desconfiado, e isso a deixa mais nervosa.

— Como posso não estar desconfiado, se ela se comporta desse jeito? Sabe aonde ela vai agora de manhã?

— Me diga você.

— Vai ler a conferência dela para aquele bosta.

— O que há de mal nisso?

— Nada. Mas então me explique por que ele também não me convocou, não pediu que eu também lesse minha comunicação.

— Vai ver que vocês não são amigos desde os tempos do colégio.

— Então é por amizade que ele indicou Betta para uma das conferências de abertura e me colocou no segundo dia?

Olhei para ele desconcertado.

— Esse tal chefe tem algo a ver com o congresso de Cagliari?

— Claro que tem, ele é o organizador.

— E vai estar lá com vocês?

— Você não tinha entendido?

Não tive tempo de fazer comentários. Raivosa, Betta chamou o marido do banheiro. Hoje é seu dia de levar Mario à escola — gritou exasperada, passando quase correndo no corredor com um rastro de perfume —, vai fazer de conta que não se lembra? Saverio levantou de um salto, e o observei se retirando num estado de confusão. Segundo Betta, seu marido era um matemático de certa expressão, mas eu não podia acreditar que uma pessoa com uma mente organizada pudesse ter comportamentos tão rudes. Mas vamos supor que Betta realmente tenha alguma simpatia por esse chefe, pensei; Saverio é mesmo tão idiota a ponto de se achar capaz de impedir que a simpatia se transforme noutra coisa? Desvinculado definitivamente da reprodução, o prazer sexual, que em origem não passava de um incentivo, fermentava humores continuamente por todo o planeta, a cada estação, e não havia controle possível, o que devia acontecer acabaria acontecendo, era uma avalanche impetuosa de corpos que arrastava implacavelmente mulheres, maridos, filhos, afetos, economias. Betta reapareceu. Às oito e meia da manhã, estava maquiada e vestida como se fosse a uma discoteca. Empurrou Mario até mim, também ele penteadíssimo e elegante, pronto para a escola.

— Vovô — minha filha deu as ordens —, diga ao Mario que hoje ele tem que ir para a escola.

Assumi um tom solene:

— Mario, deixe de história, é sua obrigação.

— Quero ficar com você.

Betta bufou:

— Você não quer nada. A partir deste momento, tem que fazer tudo o que o vovô lhe disser.

Beijou o filho na cabeça, me disse tchau e desapareceu. O menino repetiu, vigiando-me com o olhar:

— Eu não vou à escola.

6.

Mario continuou insistindo e buscando com o olhar uma concordância que não lhe dei. O pai não disse sim nem não, simplesmente o levou embora, ambos já estavam muito atrasados. Vovô, murmurou o menino, abatido, antes de entrar no elevador, não saia daqui, me espere. Fiz sinal que sim, fechei a porta aliviado.

Perambulei sem vontade pelo apartamento vazio, comparando mentalmente os espaços que eu tinha desenhado durante a noite com a casa de hoje. A grande sala de estar havia tempos tinha sido reduzida à metade, a outra metade se tornara um escritório com uma escrivaninha hipermoderna e prateleiras nas paredes até o teto. A entrada também tinha sido reformada. Quando cheguei não percebi, mas agora me dei conta de que tinham erguido uma parede com uma porta reluzente. Abri, entrei num pequeno espaço igualmente coberto de livros, mas com uma escrivaninha velhota e um inusitado cheiro de alho, cebola e detergente. Escancarei a velha janela que dava para o terracinho, o qual — descobri — também tinha sido modificado. Agora era uma área onde minha filha amontoava todos os pertences de cozinha: o cheiro de alho, cebola e detergente vinha dali. Não tive dúvida de que o escritório mais amplo pertencia a Betta, e aquele ambiente minúsculo devia ser o local de trabalho de Saverio.

Retornei ao corredor, bisbilhotei no quarto de casal. Havia uma grande bagunça, e sobre a cama desfeita se viam, como cascas ressecadas, as roupas que minha filha deve ter provado e descartado antes de se decidir por uma que lhe pareceu mais apresentável. Na época em que aquele quarto era ocupado por meu pai e minha mãe ele me parecia enorme; mas agora que Betta colocara ali dois pesados armários que chegavam até o teto, e uma cama tão larga que quem dormia nela devia ter a impressão de dormir sozinho, era como se o ambiente tivesse encolhido.

Olhei ao redor, folheei uns livros que estavam sobre os criados-mudos, saí para a sacada. Ali fui atingido pelo costumeiro barulho do tráfego. O vento tinha diminuído, o céu estava escuro e parado, não chovia mais. Reconheci a longa cadeia dos velhos edifícios alinhados a partir da piazza Garibaldi, olhei por uns minutos a procissão de passantes na calçada lá embaixo e o cortejo dos carros que seguiam rumo à marina. Quando percebi que tinha molhado inadvertidamente os cotovelos do pulôver na grade, voltei para dentro.

Bastara aquela breve exploração para constatar que, salvo a sala de estar, onde havia um grande quadro meu com massas de cor vermelha e azul, grande parte das obras e obrinhas que eu dera de presente à minha filha ao longo dos anos não estava exposta, e sabe-se lá onde ela e o marido as haviam escondido. Saverio sempre fingira apreciar muito meus trabalhos, mas minha filha nunca se esforçara em me dar crédito. De resto, o que era crédito? Não havia nada mais instável. Nos últimos anos, ninguém mais me demonstrava apreço como antigamente, muitas coisas tinham mudado. Seja como for, paciência — disse a mim mesmo —, qual a importância disso, o essencial é que ainda estou trabalhando. Passei por cima das melancolias e decidi fazer uma caminhada, já que a partir do dia seguinte, por causa do menino, não seria mais possível. Então voltei ao quarto de Mario, que permanecia no escuro. Vesti o casaco, peguei o chapéu, verifiquei se estava com a carteira e principalmente com as chaves que Betta me dera, jurando a mim mesmo que nunca as esqueceria. Tinha razão, o cérebro era lábil, eu precisava estar atento. Tive vontade de completar a inspeção da casa dando uma olhada na pequena sacada e levantei a persiana.

Era um lugar que assustava muito minha mãe, ela só se aproximava dele com cautela e não queria que meus irmãos mais novos fossem ali sozinhos. Abri a porta-balcão nova, reluzente. A sacada era anômala, todas as sacadas daquele lado eram assim, em forma de trapézio: se estreitavam à medida que avançavam sobre o vazio. Nosso apartamento ficava no sexto e último andar, e por isso talvez minha mãe, que em geral não sofria de vertigem, mal suportasse o efeito de contratura, dizia que, ao olhar para baixo, se sentia mal. Quando era necessário levar ou buscar algo ali, ela chamava meu pai e, se meu pai não estava ou estava nervoso, chamava a mim, que era o filho mais velho. Então eu pegava o que ela queria, mas, à traição, dava um salto até a extremidade da sacada e começava a pular, fazendo vibrar a plataforma e a grade enquanto a observava — no vão da porta —, e ela ao mesmo tempo ria e se aterrorizava.

Eu gostava daquela aparência de risco. Desde pequeno eu sentava no chão da sacada e, especialmente na primavera, me punha a ler, escrever, desenhar. Havia um céu imenso — lembrei —, dava para ver as cúspides da estação nova. E ali, sobre o vazio, me sentia como uma sentinela numa torre ou um vigia no alto de um mastro grande, à espera de avistar não se sabe o quê. Mas naquela manhã, quando pus a cabeça para fora, não experimentei o prazer de antigamente, ao contrário, acho que entendi a angústia de minha mãe. A sacada era uma laje fina e comprida sobre a mancha cinzenta do asfalto, e aventurar-se ali dava a impressão de estar com os pés apoiados numa lasca prestes a se soltar do edifício. Talvez seja a forma trapezoidal — pensei comigo — que sugira uma projeção excessiva: a reta ideal que corre ao longo da porta-balcão parece muito distante de sua paralela, que corta o vazio; ou mais provavelmente é o estado de fraqueza em que me encontro, a velhice, que me deixa inseguro e exposto. O fato é que me mantive prudentemente na soleira, o casaco nos ombros, o chapéu na mão, olhando o céu, a grade pingando gotas luminosas de chuva e um balde de plástico do qual despontavam alguns brinquedos e cuja alça estava amarrada a uma corda.

— Seu celular está tocando — disse uma voz de mulher atrás de mim, fazendo-me estremecer. Enquanto eu me virava bruscamente, pensando nas sombras de minha avó, minha mãe e Ada, a voz acrescentou: — Desculpe, sou a Salli.

Era a diarista. Meu celular, que eu provavelmente esquecera na cozinha, vibrava na mão que ela me estendia. Talvez tivesse mais de sessenta anos, o rosto era cheio, alegre, com olhos grandes. Desculpou-se várias vezes por ter me assustado: tinha as chaves de casa e entrara como fazia todas as manhãs, sem pensar que eu poderia me assustar.

— Não fiquei assustado, fiquei surpreso — esclareci.

— Susto, surpresa, é tudo a mesma coisa.

— Não, não é a mesma coisa.

Peguei o celular que continuava vibrando, era o editor. Comunicou em tom displicente:

— Recebi as duas ilustrações.

Tomei coragem e formulei um juízo positivo:

— Ficaram boas, não é?

Houve um instante de silêncio. Eu estava habituado a receber elogios, não importava o que fizesse. Com a idade, então, já dava isso por certo; era improvável que alguém me dissesse com brutalidade: não, você fez um trabalho péssimo. Mas subestimei o fato de que estava tratando com um rapaz de trinta anos cheio de dinheiro e manias de inovação.

O editor disse:

— Não era o que eu esperava.

— Bem — reagi falsamente de bom humor —, veja um pouco melhor.

— Olhei com atenção e ainda precisamos trabalhar nelas.

Gelei. Quis reagir, mas me pareceu ridículo sustentar que as ilustrações eram ótimas: nem eu acreditava nisso. Deixei-o falar. E ele falou muito, falou de brilhantismo, achava que aquela palavra exprimia a qualidade indispensável a uma edição de luxo tal como ele a concebera. Fiz um esforço para entender, parecia que ele falava das cores. Porém, quando pedi que se explicasse melhor, fiquei sabendo que faltava brilho às minhas ilustrações, que havia como uma carência de oxigênio.

— Não leve a mal — me disse —, mas assim não se produz nem energia nem inteligência.

Decidi optar por uma ironia paterna.

— Se o senhor quiser que eu oxigene mais as ilustrações, posso tentar.

Ele se irritou.

— Sim, muito bem, pode oxigená-las. Essa expressão, que talvez o divirta, me parece séria e correta. A que ponto estamos com as outras ilustrações?

— A um bom ponto — menti.

Não se acalmou. Disse que uma edição de luxo demandava grande esforço, que muitas competências finíssimas já tinham sido mobilizadas, que ele precisava do material o quanto antes. Era jovem e acreditava que ganharia autoridade recorrendo a tons agressivos. Desfiei mentiras mais detalhadas e encerrei o telefonema. Só então me dei conta de que estava com as mãos ardendo e as costas suadas. Ele não tinha gostado das ilustrações, e isso era um grande aborrecimento. Mas o que mais me aborrecia era que o rapaz tivesse falado de modo tão franco. Enfiei o celular no bolso, senti que estava vindo uma dor de cabeça. Não gostei que Salli estivesse tirando um sapato sentada na minha cama, e ela percebeu.

— São novos, estão machucando meu pé — se justificou, voltando a calçá-los no mesmo instante e se levantando.

— Vou dar uma caminhada — falei.

— Pois não. Está contente com o netinho?

— Estou.

— Você não vem com frequência.

— Quando posso.

— Como o Mariuccio é bonzinho. Mas de vez em quando bem que merece uns pitos. Olhe que bagunça, deixou até os brinquedos do lado de fora, estão lá há dias.

Bufou, pediu licença e foi para a sacada. Era uma mulher baixinha mas pesada, e estive a ponto de lhe dizer: deixe para lá, não saia lá fora. Mas ela evidentemente não tinha minhas aflições. Foi até o balde mesmo com a sacada vibrando sob seus pés, tirou os brinquedos de dentro e despejou para além da grade a água da chuva que se acumulara nele.

— Deixam o menino brincar aqui fora, apesar do frio — se queixou.

— Assim ele cresce forte.

— O senhor está brincando; é isso mesmo, os avós têm que brincar e se divertir. Mas também se preocupar um pouco.

Respondi que estava preocupado principalmente com os dias que eu teria de passar sozinho com Mario: tinha muito trabalho pela frente.

— A senhora — perguntei —, qual é seu horário?

— Das nove ao meio-dia. Mas depois de amanhã não venho.

— Não vem?

— Preciso ver uma pessoa, é importante.

— Minha filha sabe disso?

— Claro que sabe. O que eu preparo pro almoço?

— Escolha a senhora.

Agora, além de amargurado com a grosseria do meu contratante, estava furioso com Betta. Ela me dissera — ou pelo menos assim entendi — que Salli viria todos os dias. Mas não era verdade. Fechei a porta-balcão, sentia frio mesmo com o casaco. Alguém tocou o interfone uma, duas, três vezes. Toques longos, próximos, carregados de urgência.

7.

Era Saverio. Salli correu para baixo sem me dar explicações e reapareceu logo em seguida com Mario, que estava radiante.

— O papai me trouxe de volta pra casa — disse.

— Como assim?

— A professora estava doente.

— E não havia outra professora?

— Não quero ficar com outra professora, quero ficar com você.

— Como você conseguiu convencer o seu pai?

— Chorei.

Perguntei a Salli se podia deixar o menino uma horinha com ela, eu tinha uma questão de trabalho e precisava refletir. Ela respondeu que seu tempo era contado, que a casa era grande e que realmente preferiria que nós dois fôssemos passear, avô e neto, até a hora do almoço. Contestar o quê? Disse a Mario que deixasse a mochila e viesse comigo. O menino ficou entusiasmado, e Salli lhe disse:

— Vá fazer xixi, Mariuccio: antes de sair, sempre se faz xixi. Não é verdade, vovô?

Saímos, o vento estava gelado. Levantei a gola do casaco, enterrei bem o chapéu na cabeça e ajeitei o cachecol no pescoço do menino. Por fim, escandi bem para que ele entendesse minha negativa:

— Mario, nem pense que vou carregá-lo no colo.

— Tudo bem.

— E nunca solte minha mão, por nenhum motivo.

— Sim.

— O que você quer fazer?

— Vamos ao novo metrô.

Seguimos em direção à piazza Garibaldi, mas depois de poucos passos a proposta de Mario não me agradou. A praça, ponto de saída da estação, era um denso emaranhado de gente com pressa, vendedores de todas as mercadorias possíveis, desocupados, automóveis, ônibus. E a entrada do metrô também estava lotada, achei que seria insuportável me enfiar ali dentro, precisava de ar. Então decidi voltar.

— Vovô, a estação é para lá.

— Vou lhe mostrar o caminho que eu fazia quando ia à escola.

— Você disse que a gente ia pegar o metrô.

— Foi você quem disse, não eu.

Eu queria caminhar muito e esquecer a voz do editor. Mas não foi nada fácil. Reanalisei mentalmente o telefonema, tentei ver algum aspecto positivo. Saber que os dois esboços — disse a mim mesmo — não tinham agradado me permitiria mudar de rumo sem grandes problemas, já que o trabalho estava no início. Mas logo depois objetei: mudar de rumo para ir aonde? Era provável que de fato eu tivesse trabalhado mal. Era provável que a hemoglobina baixa, a ferritina e aquela viagem a contragosto tivessem me impedido de dar o melhor de mim. Mas e o respeito? Aquelas duas ilustrações eram fruto da minha história, vinham daquilo que eu era, daquilo que por décadas eu tinha feito com sucesso. Se aquele rapaz metido a besta me encomendara o trabalho, se me dissera: ilustre esse James, era pelo meu nome, por tudo o que eu tinha criado ao longo da vida. Então o que é que ele queria? Por outro lado, o que eu mesmo pretendia ao dizer: ainda há tempo de mudar de rumo? O rumo era um só, aquele que eu tinha percorrido desde os vinte até os setenta e cinco anos. E seguramente as duas ilustrações podiam ser melhoradas, mas elas derivavam desse percurso: apenas dentro dessa trajetória, feita de dezenas e dezenas de obras admiradas, elas poderiam ser retocadas.

Meti com amargura as mãos no bolso e caminhei de cabeça baixa em direção à marina. Mas Mario me sacudiu:

— Vovô, você soltou a minha mão.

— Tem razão, me desculpe.

— Essa rua é feia, eu nunca ando por aqui com o papai.

— Assim é melhor, porque você pode ver lugares novos.

Era o espaço de minha adolescência, vielas, ruas, praça, desfiladeiros que rodopiavam entre o tráfego tumultuado de Forcella, da Duchesca, do Lavinaio, do Carmine, até o porto e o mar, uma área ampla, continuamente estriada por um fluxo de vozes locais — conversa entre passantes, gritos das janelas, aglomerados nas portas das lojas — que ressoavam carinhosas e violentas, gentis e obscenas, soldando tempos distantes: o agora de minha velhice com o menino e a época em que fui um garoto. Saverio — como eu bem sabia, embora ele nunca me tivesse dito — havia anos insistia em mudar de bairro, queria convencer Betta a vender o apartamento e comprar outro numa zona da cidade mais adequada à sua condição de professor.

Eu disse à minha filha que vendesse quando e como quisesse, não pertencia mais àquelas ruas e àquela cidade havia muitos anos. Mas ela era bem ligada a Nápoles e, ao contrário de mim, adorava aquela casa, ou melhor, amava a memória de sua mãe.

— Aqui — falei ao menino, indicando-lhe uma porta de enrolar abaixada, cheia de grafites obscenos —, quando eu era pequeno, havia uma senhora gorda, enorme, que fritava *graffe*. Sabe o que é?

— Rosquinhas com açúcar.

— Muito bem. Às vezes eu comprava uma e comia sentado naqueles degraus.

— Você era pequeno que nem eu?

— Tinha doze anos.

— Então já era grande.

— Não sei.

— Era sim, vovô, você já era grande: *eu* sou pequeno.

Caminhamos um bom trecho. Fomos rumo a Sant'Anna alle Paludi e depois em direção à Porta Nolana. Primeiro o menino tentou parar a cada lojinha de quinquilharias chinesas, a cada motocicleta ou motoneta estacionadas, querendo examiná-las para me provar suas capacidades. Mas, como o levei pela mão sem lhe dar ouvidos, acabou me seguindo quase em silêncio. Era eu que de vez em quando lhe dirigia a palavra, mas apenas para lembrar a mim mesmo que ele estava ali, que eu segurava sua mão. De resto, continuei a remoer na cabeça as palavras do editor, e como os aspectos positivos que eu podia salvar foram minguando, a irritação inicial se transformou em raiva. Na escola aquela palavra não era bem-aceita, mestres e professores nos corrigiam. Não *raiva* — recriminavam —, se diz *ira*, raiva quem tem são os cachorros. Mas a língua napolitana que se falava no Vasto, no Pendino, no Mercato — os bairros onde eu crescera e, antes de mim, tinham crescido meu pai, meus avós e bisavós, talvez todos os meus antepassados — não conhecia a palavra *ira*, a ira de Aquiles e de outros que agiam dentro dos livros, mas apenas *'a raggia*. A gente desta cidade, pensei, destes bairros, praças, ruas, becos e banquinhas do porto, cheia de cansaço, de cargas e descargas ilegais, se *arraggiava*, não ficava irada. Se *arraggiava* em casa, nas ruas, sobretudo quando vagava em busca de dinheiro sem o conseguir. E muitas vezes bastava um triz para se engalfinhar com outros *arraggiati*. A *raggia*, sim, a *raggia*, bem mais do que ira. *Estás irado? Estais irados? Estão irados?* Uma ova! Mestres e professores nos davam um vocabulário imprestável para aquelas ruas. Aquilo ali era uma cidade de cães, e a ira não tinha nada a ver com o sangue nos olhos que me vinha nas ruas, como justamente aquela em que estávamos embocando agora e que levava à piazza Garibaldi. Quando eu saía da escola sem vontade de ir para casa pois estava furioso com colegas torturadores, com professores sádicos, era a raiva que me rompia o peito, os olhos, a cabeça, e para me acalmar eu dava uma grande volta, ia até a Porta Nolana, às vezes entrava na rua San Cosmo, em outras, com o sangue que não sossegava, seguia pelo Lavinaio, ia ao Carmine, caminhava selvagem por espaços devastados, alcançava o porto. E ai se algum distraído na rua trombasse comigo, eu xingava todos os santos, *não* estava irado, mas *arraggiato*, e ria com arrogância, depois cuspia, distribuía socos esperando recebê-los. Hoje ninguém que me conhece imaginaria isso, mas eu era assim mesmo. Como seria bonito — pensei comigo — voltar para Milão e, depois de meio século, ressurgir como fui na adolescência, marchar direto pela avenida Genova, entrar no edifício onde fica a sede da editora, subir ao terceiro andar e, sem preâmbulos, cuspir na cara do pequeno senhorzinho malcriado que criticou meu trabalho: não, não apenas aquelas duas ilustrações, mas o trabalho de uma vida inteira, sem nenhum respeito. Pena que a época da *raggia* tivesse passado, eu a sufocara fazia muito tempo.

— Você sabe o que é *'a raggia*? — perguntei a Mario.

— Não se fala assim, vovô.

— Quem disse? Papai?

— Não, a mamãe.

— Faz bem, de fato você não deve falar assim.

— Posso lhe dizer uma coisa?

— Pode dizer o que quiser.

— Estou com a garganta meio seca.

— Está cansado?

— Sim, muito.

— E o que se faz quando estamos cansados e com a goela seca?

— Diga você.

— Tomamos um suco de fruta?

Entramos no primeiro bar que encontrei, um lugar sem luz, nem ao menos luz elétrica. Era um local pequeno, que cheirava não a café ou confeitaria, mas a imundície e cigarro, e demorei a acostumar os olhos. Olhei ao redor em busca de duas cadeiras, só vi uma mesinha redonda, de metal, a poucos centímetros de um balcão atrás do qual um homem de seus quarenta anos, magérrimo, muito calvo, estava arrumando uma prateleira suja. Falei: gostaríamos de um suco de fruta e um café, mas precisamos nos sentar, porque estamos cansados. E apontei a mesinha sem cadeiras. O homem logo se animou e gritou: Tití, duas cadeiras para o cavalheiro. Dos fundos do bar apareceu uma moça com duas cadeiras de plástico e metal. Sentei imediatamente, Mario escalou a dele. A moça disse: moço, você está pálido, e me ofereceu um copo d'água. Bebi um gole, agradeci.

— Que suco você quer? — perguntei a Mario.

Ele pensou sério e então disse:

— De maçã.

— Que fofura — exclamou a moça.

As palavras do dialeto me pertenciam e ao mesmo tempo eram uma cadeia de sons estranhos. O homem e a moça o usavam com um ar benévolo, quase adocicado, mas a tonalidade de fundo era a mesma da violência. Apenas nesta cidade — pensei — as pessoas se mostram tão genuinamente dispostas a nos socorrer e tão prontas a nos cortar a garganta. A essa altura, eu já não sabia ser agressivo nem cortês segundo as modulações de Nápoles. Em mim, as células deviam ter expulsado os resquícios da fúria para enterrá-los como dejetos tóxicos em lugares secretíssimos, e a certo ponto prevaleceu uma gentileza distante, bem diferente daquela participativa seja do homem, que logo me preparou o café, seja da moça, que o serviu numa bandeja com o suco do menino, como se entre a mesa e o balcão houvesse uma distância considerável, e eu não pudesse pegar a xícara e o copo estendendo a mão.

— Vovô.

— Sim?

— Não tem canudo.

A moça foi até o fundo do bar — imaginei o local como uma gruta tenebrosa que se abria nas fundações do edifício — e reapareceu em seguida com o canudo. Mario começou a beber o suco, eu tomei o café. Era bom, e depois de muitos anos me deu vontade de fumar. Aquele desejo repentino aguçou minha visão, avistei os maços de cigarro alinhados numa gôndola, o homem também vendia tabaco. Pedi um Ms e uma caixa de fósforos. Ele passou cigarro e fósforos à moça, e a moça os repassou a mim.

— Pode fumar — convidou o homem com um gesto largo, de baixo para cima.

— Não, obrigado, vou fumar fora.

— Nada melhor que um cigarro depois do café.

— Isso é verdade.

— Então fume.

— Não, mais uma vez obrigado, aqui não.

Me deu vontade de desenhar o homem, seu gesto amigável de permissão, e saquei caneta e bloquinho. Gostaria de dizer ao editor, daqui de longe, do fundo escuro da cidade onde nasci: meu modo de estar no mundo é este, como você ousou falar mal dele? Desenhei depressa, como se temesse que o homem, a moça e o bar se dissolvessem, ou me dissolvesse eu. Fazendo ruídos com o canudo, Mario se espichou para olhar o que eu estava desenhando; a moça também se aproximou, exclamando com uma repentina felicidade na voz:

— Venha, papai.

O pai deixou o balcão, deu uma olhada no desenho e disse num italiano vacilante e embaraçado:

— O senhor é excelente.

Mario interveio:

— Meu avô é um artista famoso.

— Dá para ver — disse o homem, e acrescentou: — Eu também sabia desenhar, depois me passou.

Olhei para ele perplexo, fiquei surpreso de que falasse de sua aptidão como de uma doença, fechei o bloco. O que me permitira abandonar a cidade, me sentir cada vez mais distante, no bem e no mal, de gente como aquele homem, daquele ambiente, quando de fato, apesar da diferença de idade, ele e eu decerto tínhamos tido uma infância e adolescência semelhantes? E a moça, então. Devia ter a mesma idade de Mena, que eu amara tanto tempo atrás, antes que estas ruas — ela morava nos arredores — a levassem embora pelo resto da vida. Durante meses eu e ela nos sentimos bem juntos. Depois, certa noite, Mena me beijou por um longo tempo, um beijo profundo, e não quis mais me ver. Eu já estava começando a não saber ser como se devia, como nos haviam ensinado a ser. Desenhava, pintava e, graças a essa habilidade, estava me afastando sem me dar conta. E me afastando, em vez de agradá-la, estava me tornando repulsivo, como se tivesse uma erupção violácea na pele. Tanto esnobismo porque desenhava figurinhas, porque achava que me tornaria sei lá o quê? Você nem tem habilitação — ela me dissera uns dias antes —, não pode me levar a lugar nenhum, e, mesmo morando numa casa bonita, sua mãe não consegue lhe comprar um par de sapatos novos, às vezes nem pode lhe dar de comer, porque seu pai gasta o salário todo no jogo.

Tinha razão, meu pai era conhecido em todo o bairro por isso, jogava tudo, tudo o que tinha, e não para ganhar — raras vezes ganhava —, mas só por aquilo que chamava de calafrio, o calafrio das cartas entre as mãos, olhadas de viés, chupadas, uma matéria viva e mutante sob os dedos que tentavam plasmá-la segundo o desejo e a espera, que quase a reinventavam. Eu odiava aquele homem. Toda a minha infância, toda a adolescência haviam sido um esforço permanente para achar um jeito de quebrar a corrente da descendência. Queria individualizar um traço meu, só meu, que me permitisse me desvencilhar do sangue dele. E o encontrara na capacidade de refazer qualquer coisa com o lápis. Mas quando mostrei aquela habilidade a Mena, num primeiro momento ela ficou boquiaberta, e em seguida começou a zombar de mim. Dizia: acha que nos reduzir a bonecos — eu, todo mundo — torna você melhor do que a gente? Então, em pouco tempo, conheceu rapazes que tinham habilitação e um carro só para eles aos sábados. Você é *supirchiúso* — me disse —, um metido, e me deixou.

Esperei que Mario terminasse o suco, mas era evidente que ele não aguentava mais, porque agora, em vez de sorvê-lo com o canudo, fazia bolhas dentro dele com um rumor desagradável enquanto sorria a intervalos fixos, olhando-me para entender se eu aprovava sua proeza. Chega, falei. Paguei, deixei uma gorjeta para a moça.

— É muito — ela protestou, lançando um olhar interrogativo ao pai.

— O café estava bom — respondi.

— O suco também — intrometeu-se Mario.

— Obrigado — o homem disse em vez da filha, e tive a impressão de que já me olhava com hostilidade, como se, justamente enquanto eu pagava e dava gorjetas, lhe roubasse algo às escondidas.

Do lado de fora havia agora um pouco de azul entre nuvens branquíssimas, mas o vento recomeçara. Tirei um cigarro do maço sob os olhos maravilhados do menino.

— Não se fuma, vovô.

— O vovô é velho, faz o que bem entende.

Que cheiro bom. Quando Mena ainda gostava de mim, eu conseguia acender fósforos no vento sob seus olhos admirados. Passava num raio a chama ainda frágil para o abrigo entre a concha da mão e a caixinha. Era capaz de fazer o gesto antes que o vento apagasse o fogo. Tentei de novo agora. Raspei a cabeça do fósforo contra o lado áspero da caixa, mas a pequena chama logo se apagou, não fiz a tempo de encostá-la na ponta do cigarro. Tentei, voltei a tentar, Mario olhava para mim. Para acender precisei me abrigar num portão. Aquilo era outra coisa que havia desaparecido, eu perdera a coordenação dos gestos, a desenvoltura. Por uns segundos me senti parte insignificante de um longuíssimo processo de desmoronamento, um estilhaço destinado a me juntar em breve a materiais orgânicos e inorgânicos que, na terra e no fundo dos mares, se compactavam desde o Paleozoico.

— Vamos voltar pra casa? — perguntou o menino.

— Você está cansado?

— Estou.

— A escolinha era melhor do que o vovô?

— Não.

— Pois então?

Olhou-me de baixo para cima com um ar de sofrimento.

— Posso ir no seu colo?

— Nem pensar.

— Mas eu estou cansado, meus pés estão doendo.

— Também estou cansado e com dor num joelho.

— Mas eu sinto dor em toda esta perna.

Batalhamos com o eu: eu, eu, eu, tão enérgico e no entanto tão parecido com um piado frágil, primeiro um, depois o outro. Peguei Mario nos braços garantindo que em cinco minutos o poria de volta no chão. Ele havia gostado dos livros, mas as ilustrações não lhe agradaram. São escuras, dissera, da próxima vez faça mais claras. E se exprimira daquele modo não — como fizera o editor — sobre ilustrações que eu executara a contragosto uns dias antes, mas sobre imagens de anos remotos, trabalhos que eu apreciava, muito elogiados. Acreditei nele, mesmo que sempre tivesse considerado aqueles livrinhos bem-sucedidos. Tudo se esfarela em poucos segundos, as opiniões, as certezas. Talvez, pensei, meus desenhos não digam mais nada a uma criança.

8.

Encontramos o apartamento em ordem e brilhando, tal como Salli o deixara para nós. Na cozinha, a mesa estava posta para dois, e comemos o que ela nos preparara. Fiquei tentado a dormir um pouco, estava exausto, carregara Mario por um bom trecho, e foi bem difícil convencê-lo de que não conseguiria levá-lo até o apartamento. Entretanto, assim que experimentei me estirar na cama, o menino arrumou uns bonecos aos meus pés e começou a brincar, esperando que mais cedo ou mais tarde eu participasse. Então desisti de dormir e falei: enquanto você brinca, vovô vai trabalhar um pouco. Ele não respondeu, fingiu que estava muito ocupado e ocultou a frustração.

Migrei para a sala de estar com lápis, canetas, caderno, computador, tudo o que eu havia trazido. Queria reunir as ideias, ler mais uma vez as passagens do conto de James nas quais pretendia trabalhar. Mas a leitura, não sei por que, me trouxe à lembrança o homem do bar, e procurei no bloco o esboço que tinha feito dele. Se era verdade que o dono do bar já soube desenhar e um dia essa habilidade lhe passou como uma febre, a pessoa que eu havia retratado era o que restava de uma possibilidade. Talvez por isso tenha me chamado a atenção. Por isso avistei ao lado dele, por poucos segundos, uma silhueta branca e a esbocei de lado, enquanto com golpes seguros da caneta lhe dei um rosto torto, todo marcado, as mãos rudes. Tentei refazer o desenho numa folha maior. O homem do bar era a vida em sua forma definida, em sua duração, ao passo que a indistinta silhueta branca — essa, sim, era um fantasma. Mas eu tinha errado ao desenhá-los um ao lado do outro. Talvez noutros tempos estivessem muito próximos, mas aos poucos a força das coisas se concentrara toda no homem do bar, e a separação se tornara irremediável. De onde eu vim — me veio à mente —, do que me separei? E a pergunta já estava suscitando imagens quando me chegou a voz de Mario:

— O que você está fazendo, vovô? Venha para cá, papai voltou.

Ainda vestindo o impermeável, Saverio apareceu na soleira enquanto dizia ao filho: não vamos perturbar o vovô. Estava com uma expressão carregadíssima, murmurou que Betta tinha ficado na universidade e pronunciou *universidade* como se lá não fosse o local de trabalho de ambos, mas um pub onde minha filha bebia, cheirava e cantava com voz rouca, em trajes sumários. Não falei nada, e ele me informou que ia se fechar no escritório para dar os últimos retoques — usou essa palavra — na sua fala. Mario não o acompanhou, continuou à espera na entrada da sala, sem dizer nada. Dei um suspiro, me levantei e disse: tudo bem, vamos ver seus brinquedos.

Ele ficou muito alegre, quis me mostrar um por um, e eram vários. Listou nomes e funções de inúmeros bonecos horrorosos que ele amava, e então, sem me perguntar se eu queria brincar, me introduziu em seu mundo de fantasia, já todo organizado, dentro do qual eu devia fazer exatamente o que ele dissesse. Assim que eu errava, ele logo me recriminava com ar bonachão: vovô, você não entende, você é um cavalo, não está vendo? Se eu me distraía, ele ficava bravo e dizia sério: não quer mais brincar?

Errei várias vezes, me distraí horrores. Estava como embotado de tédio e acontecia que, sem me dar conta, acabava recaindo no conto de James, no desenho do homem do bar. Via por alguns instantes imagens que me pareciam boas, gostaria de tentar esboçá-las. Mas Mario me dizia: vovô, preste atenção no urso — além de outros bichos que, segundo ele, bem naquele momento, estavam me atacando na minha condição de cavalo. Ou então eu simplesmente era vencido pelo sono, porque a energia visionária do menino entorpecia a minha, me deprimia, deixando minhas pálpebras pesadas. Só conseguia voltar a mim graças aos puxões e à voz severa de Mario, que me chamava.

Torci por uma pausa restauradora quando o menino, evidentemente triste por minha escassa participação, disse que ia procurar o pai para ver se ele queria brincar com a gente. Não fiz nada para impedi-lo, me deitei na cama. Mas ele voltou quase imediatamente, me tirou do cochilo e disse insatisfeito que o pai prometera brincar assim que terminasse o trabalho. Enquanto isso vamos brincar, propôs sem entusiasmo. Ergui-me nos cotovelos e perguntei:

— Você tem amigos?

— Tenho um.

— Só um?

— Sim, ele mora no primeiro andar.

— Aqui, neste prédio?

— Sim.

— E você nunca vai brincar com ele?

— Mamãe não deixa.

— E ele não vem aqui?

— Não, não deixam.

— Ele é pequeno?

— Tem seis anos.

— Então é grande.

— Sim, mas não deixam do mesmo jeito.

— Se vocês nunca se veem, que amizade é essa?

Explicou que a amizade acontecia na sacada. Ele baixava o balde até o primeiro andar e trocava coisas com o amigo, que se chamava Attilio.

— Que coisas?

— Jogos, balas, sucos de fruta, tudo.

— Quer dizer que você põe no balde coisas suas pra ele e ele faz o mesmo?

— Não, só eu que boto minhas coisas.

— E seu amigo fica com elas?

— Fica.

— Então ele rouba suas coisas?

— Rouba, não: é emprestado.

— Mas ele devolve o que pega?

— Não, é mamãe que vai buscar.

— Vai chateada?

— Chateadíssima.

Entendi que o tráfico com o balde criara problemas a Betta e alguma tensão entre as famílias. O único que achava que tinha um amigo no primeiro andar era Mario.

— Quer ver como eu desço o balde? — me perguntou, persuasivo.

Olhei a porta-balcão: estava ficando escuro, mas ainda se viam os ferros da grade, o balde, a corda.

— Não, está frio. E além disso tenho medo de ir à sacada.

O menino sorriu.

— Que medo, você é grande.

— Minha mãe também, sua bisavó, morria de medo.

— Não é verdade.

— É muito verdade. Tinha medo do vazio.

— O que é o vazio?

Descobri que não tinha paciência nem força para explicar. Respondi distraído:

— Não é nada demais.

Enquanto isso, nem sombra de Saverio. Propus retomarmos um dos livros que eu tinha dado a ele e lermos uma fábula. Li quatro e já estava esgotado quando finalmente Betta voltou, muito agitada.

Pôs a cara na porta e nos encontrou deitados em minha cama, eu começando a ler a quinta fábula, Mario escutando atentíssimo.

— Por hoje chega com o vovô — ela disse —, agora me passe o livro.

Fomos para a cozinha, ela quis saber se eu tinha lido a lista das coisas que eram absolutamente imprescindíveis na sua ausência. Admiti que não. Então ela me arrastou pela casa repetindo ponto por ponto o que me dissera na noite anterior. Fez o mesmo durante o jantar, para desespero de Saverio, que resmungou duas ou três vezes: Betta, seu pai é inteligente, já entendeu. Porém, depois do jantar, embora ainda não tivesse fechado as malas, ela começou tudo de novo; mas dessa vez foi bom, porque se deu conta de que não havia deixado o contato do pediatra, não havia deixado o contato de uma amiga pronta a ajudar em caso de necessidade, não havia deixado o contato do encanador caso, digamos, o chuveiro ou a descarga do vaso parassem de funcionar.

— Você tinha dito — me queixei — que eu podia contar com a Salli, mas ela não vem depois de amanhã.

Respondeu ríspida:

— Qual é o problema? Ela vai deixar tudo no congelador. Você está muito ansioso, papai.

— É que o trabalho não está indo bem.

— Então não perca tempo com o Mario. Por que estava lendo historinhas para ele? É só dizer que precisa trabalhar e ele fica quietinho, fazendo as coisas dele. Só me faça o favor de não abandoná-lo na frente da tevê, é preciso esconder o controle remoto.

— Tudo bem.

— E não o deixe na sacada, ainda mais se estiver frio. O pai permitiu a brincadeira do balde, mas eu não gosto disso: o menino do primeiro andar rouba os brinquedos dele, e depois sou eu que tenho de brigar para recuperá-los.

— Vou ter que levá-lo à escola?

— Sim, é aqui do lado. Anotei o endereço no papel, e as professoras já foram avisadas.

— Posso não levá-lo?

— Faça como quiser. Boa noite, papai.

— Boa noite.

— Vou ligar toda noite antes do jantar, para saber se está tudo bem. Atenda, por favor, senão vou ficar preocupada.

Me deixou com a tarefa de pôr o menino na cama. Ele já estava de pijama, sentado em minha cama, mexendo no meu celular. Tirei-lhe o aparelho das mãos de modo um tanto brusco e falei:

— Isto aqui é do vovô, não mexa.

— Papai me deixa usar o dele.

— O meu, não.

— O seu é feio, não tem jogos.

— Então não há motivo para você mexer nele.

Deixei o celular no alto, numa prateleira cheia de badulaques que ele não podia alcançar. Mario ficou triste, me pediu sério que eu lesse mais uma fábula. Respondi que já tinha lido quatro e que ele era grande o suficiente para dormir como o vovô, sem historinhas. Então deitei em minha cama, e ele na dele. Apaguei a luz. Saverio gritou: você não suporta que eu seja melhor e faz de tudo para me pôr em situações humilhantes com esses merdas com quem tenho de trabalhar. Não consegui ouvir a resposta de Betta. Dormi profundamente a noite inteira.

Segundo capítulo

I.

O primeiro dia que Mario e eu passamos quase sozinhos foi cheio de pequenos acontecimentos que acentuaram minha ansiedade. Acordei a custo, e foi preciso um tempo para entender onde estava. Quando descobri que eram quase oito fiquei preocupado, me levantei ainda aturdido, lancei um olhar para a cama do menino. Ele não estava. Meu coração começou a bater forte: com certeza Betta e Saverio já tinham saído para chegar a tempo ao aeroporto; onde Mario estava? Encontrei-o na cozinha, folheando um dos livros que eu lhe dera de presente. A mesa estava posta para dois com perfeição. Pensei que fosse coisa de Betta, mas assim que ele me viu armou um sorriso de satisfação e disse:

— Botei o açúcar do meu lado, vovô, já que você bebe sem ele.

Ele levantou cedo, me deixou dormir, comeu quatro biscoitos, pôs a mesa.

— Mas — acrescentou — esperei você pra acender o gás.

— Muito bem. Amanhã não se esqueça de me acordar.

— Eu chamei, mas você não respondeu.

— Estava cansado, não vai acontecer de novo.

— Ficou cansado porque me carregou no colo?

— Fiquei.

Preparei o leite dele, preparei meu chá. Ele bebeu o leite avidamente e comeu muitos biscoitos de chocolate. Perguntou:

— Não vou à escola?

— Você quer ir?

— Não.

— Então não vá.

Fez sinais de contentamento teatral; em seguida se recompôs e indagou cauteloso:

— Depois vamos brincar?

— Preciso trabalhar.

— Sempre?

— Sempre.

No banheiro, ele foi cansativo. Escovou os dentes e lavou o rosto de pé num banquinho, mas molhou a camiseta e me ensinou onde eu encontraria outra. Quando afinal consegui que se vestisse, disse uma fórmula misteriosamente alusiva: preciso ir. Voltou ao banheiro, colocou o banquinho na frente do vaso, foi correndo buscar o livro de fábulas, o apoiou no banquinho, baixou as calças e sentou no vaso.

— Feche a porta, vovô — disse, sem tirar os olhos do livro que tinha aberto como num atril.

Fechei e fui até a sala de estar, onde deixara todo o material necessário para trabalhar. Mas depois de poucos minutos ouvi-o me chamar:

— Vovô, já fiz.

Tive que tirar de novo sua roupa e lavá-lo. Quando chegou o momento de se vestir, é claro que ele quis fazer tudo sozinho, mas com uma lentidão insuportável e sob minha vigilância. Salli chegou, e eu soltei um suspiro de alívio. Apareceu em casa com o aspecto de senhora fina que, mesmo tendo um corpo pesado, sabe se arrumar com elegância. Mas logo se fechou na despensa ao fundo do corredor, bem ao lado do quarto de Mario, e saiu de lá transbordante, vestindo uma malha surrada, calça em farrapos e chinelos.

— Vou deixar o menino com você, tenho de trabalhar — disse.

Dessa vez ela estava de bom humor e decidiu ser gentil.

— Pode ir, não se preocupe, o Mariuccio é um bom menino. Não é mesmo, Mariuccio?

Mario me perguntou:

— Vovô, posso ver como você desenha?

— Não.

— Vou ficar do seu lado sem incomodar, desenhando também.

— O vovô — falei — não brinca, o vovô trabalha.

Me fechei na sala de estar. Mas, uma vez ali, compreendi em poucos minutos que não estava com nenhuma vontade de levar adiante o Henry James. Me prostrei numa cadeira. Tinha dormido demais, o que embaralhou meus hábitos; e no entanto estava exausto, sem nenhum desejo de me dedicar ao que eu fazia com prazer há uma vida. Aliás, me surpreendi pensando no meu corpo — meu corpo de agora — sem as habilidades que haviam me dado um sentido. Pouco a pouco cresceu em mim uma mania de autodepreciação lúcida. Vi de repente um velho sem qualidades, quase sem forças, o passo incerto, a vista ofuscada, suores e frios repentinos, um crescente abatimento rompido apenas por uma fraca força de vontade, entusiasmos falsos, melancolias reais. E aquela imagem me pareceu minha verdadeira imagem, verdadeira não só agora, em Nápoles, na casa da adolescência, mas também — a onda da depressão se espraiou — verdadeira em Milão, há tempos, há dez, quinze anos, embora sem a nitidez daquele momento. Até agora eu tinha levado adiante, fingindo que estava no pleno vigor das minhas capacidades ativas. A vida artística transcorrera numa quieta medianidade, sem picos evidentes e, consequentemente, sem quedas repentinas. O sucesso, quando chegou, me pareceu natural, nunca tinha feito nada para obtê-lo nem para conservá-lo: minhas obras simplesmente mereciam ser reconhecidas. Talvez justamente por isso tivesse durado por tanto tempo a impressão de que o sucesso era de uma substância que jamais se deterioraria. Sendo assim, tinha sido fácil não perceber que os trabalhos estavam diminuindo, que me convidavam cada vez menos para eventos importantes, que o mundo inteiro no qual eu tivera certo prestígio fora substituído por outros mundos não intuídos a tempo, por outros grupos de poder que nem sequer me conheciam, por forças jovens e agressivas que ignoravam tudo do meu trabalho ou que, se me procuravam, era para ver se eu podia ser útil à sua ascensão. Mas agora — disse a mim mesmo — já não posso ignorar os sinais do declínio, violentos como esses sons que, sozinhos, arrebentam vidraças: o telefonema ofensivo do meu contratante; aquele exaurimento da imaginação do qual eu não conseguia sair; e minha filha, minha única filha, que me aprisionara sem que eu percebesse no papel do velho avô.

Dei um longo suspiro, notei que estava fazendo um gesto irrefletido com a mão semelhante ao de Mario. E fiquei quase contente ao ouvir Salli me chamando. Vovô, dizia em voz alta num tom particularmente afetado, vovô. Evidentemente, como ela não sabia que nome me dar, recorria ao mesmo tratamento que o menino usava, achando que estava tudo bem. Ou talvez, como eu era avô de Mario, me considerasse avô em absoluto, avô de qualquer um, avô até dela, embora — tenha a santa paciência — ela não fosse nenhuma jovem. Ela falou alto, batendo na porta e a abrindo em seguida:

— Vovô, desculpe, Mariuccio ligou a tevê e agora não quer desligar.

— Que tevê?

— A televisão. Dona Betta não lhe disse que ele não deve assistir?

— Disse.

— Então, vovô, faça alguma coisa.

— Não me chame de vovô: não sou seu avô e não me sinto avô nem mesmo de Mario.

Deixei a cadeira com um gemido e a acompanhei pelo corredor. A tevê era um zumbido de avião interrompido por vozes viris em alto volume.

— Onde está o menino?

— No escritório de seu Saverio.

— Salli, se Mario fizer algo que não deve, basta a senhora impedir, não precisa me chamar.

— Mas ele não me escuta. E eu não posso dar um tapa nele: você, sim.

— Não se dá tapa num menino de quatro anos.

— Então *tottò* nas mãozinhas.

— Não sei o que significa *tottò*.

Na verdade eu sabia, mas aquele som me dava repulsa, eu pertencia à geração que inaugurara o costume de falar com os meninos no italiano dos adultos.

— Dona Betta diz *tottò*.

— Isso quer dizer que *tottò* nas mãozinhas quem vai dar é a mãe dele, quando voltar.

Fui com ela ao escritório de Saverio, que cheirava a alho e detergente. Mariuccio estava sentado na frente da tevê e se virou assustado. A mulher falou.

— Eu não lhe disse que ia chamar seu avô?

— É feio bancar a espiã — respondeu o menino.

— Não é feio coisa nenhuma — cortei —, se for necessário. De todo modo, o volume está tão alto que nem consigo trabalhar. Desligue.

— Então vou abaixar — disse o menino, agarrando o controle.

Tirei-o de sua mão e desliguei a tevê. Depois expliquei num tom tranquilo:

— Mario, por mim você pode ver tevê todo o tempo que quiser, de manhã, de tarde e de noite. Mas sua mãe não quer e, se sua mãe não quer, nem Salli nem eu queremos. Por isso, quando Salli lhe disser desligue a tevê, você desliga a tevê. E se eu lhe disser, nunca tente me responder: então abaixo o volume. Fui claro?

O menino mirou o chão e fez sinal que sim. Depois levantou os olhos para o controle que estava comigo e fez menção de tomá-lo.

— Posso lhe mostrar como se abre pra ver as pilhas?

— Não, não toque mais nisso.

— Então o que é que eu vou fazer?

— Vá brincar.

— Na sacada?

— Não.

— Tem sol.

— Já disse que não.

— Então posso ver como você desenha?

Não se rendia, era cabeça-dura. Fixei o olhar nele demoradamente, acho que para transmitir toda minha contrariedade. Quando notei que ele estava com o lábio superior suado, cedi logo:

— Tudo bem, mas não pode me atrapalhar.

— Não vou atrapalhar.

— Nem deve dizer: vovô, quero isso; vovô, vamos fazer aquilo.

— Não vou dizer.

— Tem de ficar sentado, quieto e em silêncio.

— Tudo bem. Mas antes vou fazer xixi.

Saiu correndo, ouvi que se fechou no banheiro. Salli, que permanecera todo o tempo calada, aproveitou para me censurar:

— Um avô não age assim.

— O que a senhora quer dizer?

— Você aterrorizou o menino, pobrezinho.

— A senhora queria até que eu desse um tapa nele.

— Um tapa, tudo bem; mas isso, não.

— Isso o quê?

— Esse tom brutal. Se você tem o que fazer e está nervoso, eu posso cuidar do menino.

Não acho que tivesse usado um tom especial, talvez eu devesse ser menos condescendente era com ela. Mario voltou correndo, estava com os olhos vermelhos como se os tivesse esfregado com força.

— Estou pronto.

Perguntei a ele, me esforçando para soar engraçado:

— Você prefere ver como eu trabalho ou como a Salli trabalha?

Passou de mim a Salli um falso olhar inseguro, depois voltou a mim e exclamou com uma alegria exagerada:

— Como você trabalha.

Então foi para a sala a passos rápidos. Eu disse a Salli: como está vendo, ele prefere a mim. Ela se mostrou pouco convencida e respondeu que ia cozinhar. Observei-a enquanto saía do escritório de Saverio, estava um tanto encurvada, o que a fazia parecer ainda mais baixa. Num estalo me lembrei de que ela não viria no dia seguinte, eu e o menino teríamos um dia inteiro sozinhos. Propus de pronto: não deixe de vir, eu mesmo pago sua diária; a senhora vem às nove da manhã e fica até as oito da noite; não precisa limpar a casa, somente cuidar de Mariuccio. Ela nem se virou e respondeu: amanhã tenho um compromisso, é um dia importante, meu futuro está em jogo. Velha raivosa, o futuro, ainda o futuro, que futuro podia ter. Voltei à sala de estar.

2.

Mario estava arrastando uma cadeira para bem perto da minha.

— Posso usar seu computador? — perguntou.

— Isso está fora de cogitação.

Tive um instante de hesitação antes de me sentar. Me veio a tentação de pegar o celular e gritar ao editor: estou me fodendo para o oxigênio, para o brilhantismo, me diga em palavras simples o que não funciona, porque do contrário renuncio ao trabalho e aos trocados que você me dá, não quero perder meu tempo. Mas não fiz nada disso, e a angústia da velhice voltou como aparecera pouco antes. Eu precisava daquele trabalho, e não pelo dinheiro — as economias e a casa em Milão faziam de mim um homem abastado —, mas porque era assustador me sentir sem compromissos de trabalho. Fazia pelo menos cinquenta anos que eu passava de um prazo a outro, sempre sob pressão, e a ansiedade de não conseguir executar dignamente um ou outro trabalho, a que depois se seguia o prazer de me superar com sucesso, era uma gangorra sem a qual — finalmente confessei a mim mesmo com clareza — eu sofria só de imaginar. Não, não, melhor continuar dizendo por mais um tempo, aos conhecidos, à minha filha, ao meu genro, sobretudo a mim mesmo: preciso trabalhar no James, estou muito atrasado, preciso inventar algo depressa. Assim, sob os olhos atentos de Mario, voltei a examinar meus esboços, especialmente aqueles caóticos de duas noites atrás.

A princípio o fiz apenas para me acalmar. Olhava as folhas, apreciava o cheiro bom de comida que estava entrando na sala apesar da porta fechada, espiava de vez em quando com o rabo do olho o menino, que estava se revelando um cumpridor de palavra, nem sequer um rangido da cadeira, quase não respirava. Durante todo o tempo Mario observou os desenhos comigo, como se estivéssemos empenhados numa disputa para ver quem se cansava primeiro. Mas a certa altura não me importei mais com ele. Me ocorreu a ideia de usar os desenhos dos ambientes do apartamento tal como tinha sido muitos anos atrás, para servir de fundo à casa nova-iorquina do conto de James. A hipótese me reanimou, lá estava um bom ponto de partida: causar um choque entre os aposentos oitocentistas de além-mar e os da casa napolitana de meados do século XX. Ótimo. Comecei imediatamente a isolar com o lápis, em meio à desordem das folhas carregadas de traços, alguns detalhes que me pareciam úteis. E minha cabeça se acendeu tão rapidamente que, quando Mario me chamou baixinho — era um momento em que tudo parecia se encaixar, eu tinha em mente formas muito nítidas —, lhe disse bruscamente: calado, você prometeu. Mas ele repetiu devagar:

— Vovô.

— Qual era o pacto?

— Tenho de ficar calado e não me mexer.

— Exatamente.

— Mas preciso lhe dizer somente *uma* coisa.

— Uma só, diga.

Ele me indicou uns poucos traços a caneta preta num canto à direita da página que eu estava examinando. Disse:

— Este é você.

Olhei o desenho, era um rabisco displicente. Talvez representasse um jovem que empunhava uma faca, talvez um menino com uma vela, mas de modo muito indeterminado, como se a mão tivesse ido parar naquele canto da folha sem intenção. Quando eu tinha feito aquilo? Na outra noite, agora há pouco? Havia uma torção veloz das linhas, o salto de algo que nem dá tempo de se mostrar e já sumiu. Não me desagradou, me lembrava o tipo de coisa que eu sabia fazer na infância e me emocionou o fato de que, ao contrário do que acreditava, eu tivesse capturado alguma coisa daquela época — daquilo que eu sabia desenhar quando vivia com meus pais e meus irmãos naquele apartamento. Vou usá-lo, pensei, é bom. E perguntei ao menino:

— Você gosta?

— Mais ou menos, me dá um pouco de medo.

— Não sou eu, é um rabisco.

— É você, vovô, vou lhe mostrar.

Deslizou da cadeira com ar resoluto.

— Aonde você vai?

— Buscar o álbum de fotografias, venha, traga o desenho. Esperou que eu levantasse, me pegou pela mão como se pudéssemos nos perder. Quando abri a porta da sala de estar, recebemos em cheio uma lufada de ar frio. Com certeza Salli, para fazer o ar circular, para secar o chão molhado, devia ter escancarado todas as janelas da casa, e agora o apartamento estava uma geleira. Além disso, sem a proteção dos vidros duplos, o barulho do tráfego entrava com muita violência. Fomos ao escritório de minha filha, ali também a janela estava escancarada, o estrondo externo sufocava gritos distantes, baques como de alguém que estivesse batendo o tapete com um porrete. Mario arrastou uma cadeira até um móvel cheio de compartimentos, tentei detê-lo:

— Me diga onde está o álbum que eu pego — falei à toa, ele adorava subir nas coisas. Abriu uma das portas girando a chave, pegou um álbum antiquado, de cor verde-escura, e o estendeu a mim.

— Feche a porta — lembrei.

Fechou.

— Com a chave.

Girou a chave com habilidade.

— Você é um anão — disse a ele.

— Não.

— Sim, você é um anão.

— Não é verdade, eu sou um menino — se irritou.

— Tudo bem, me desculpe, você é um menino, o vovô é um idiota e diz coisas idiotas de modo idiota, não ligue.

Ajudei-o a pular da cadeira — dessa vez ele tentou soltar a mão, queria pular sozinho, mas o impedi — e, quando aterrou com um breve grito de alegria, me perguntou:

— Você queria dizer que eu sou um gnomo?

— Isso mesmo — respondi. E expliquei que ele não devia ter se ofendido, que era um elogio, significava: você é grande e ajuizado. Então coloquei o álbum sobre a escrivaninha e lhe perguntei onde estava a foto que ele queria me mostrar. Eu conhecia bem aquele álbum: havia fotos de família que tinham passado de minha mãe para minha mulher e, com a morte de minha mulher, agora estavam com Betta. O menino folheou com ar de sabichão e me mostrou uma imagem em que eu estava com minha mãe e meus irmãos. Não me lembrava da foto, devo ter sempre olhado para ela de má vontade, todos os momentos da adolescência me pareciam uma constrição odiosa. Com certeza a fotografia tinha sido tirada pelo meu pai, ele nos olhava da máquina e nós olhávamos para ele. Todos sorriam, menos eu. Quantos anos eu tinha? Doze, treze? O rosto me pareceu repugnante, um rosto comprido, estreito, não acabado. O tempo deixara intacto cada milímetro da foto, exceto meus contornos. Ou talvez a imagem sempre tenha sido assim, com um defeito de exposição que danificara apenas meu perfil. Nada do rosto e do corpo magérrimo resultava completo. Eu não tinha boca, não tinha nariz, os olhos estavam ocultos pela sombra densa das sobrancelhas, os cabelos se dissolviam no albume do céu. Daquele átimo fixado pela máquina reconheci apenas o lampejo de ódio por meu pai. Eu o mirava sem olhos, com aversão por aquele seu vício no jogo, pelo modo como nos mantinha na miséria, pela fúria que ele carregava e despejava sobre minha mãe, sobre nós, quando não tinha nada para jogar. A aversão viera muito nítida e agora me desgostava.

— Viu como é você? — disse Mario.

— Claro que não.

Aproximou meu desenho da fotografia.

— Não minta, vovô, é você.

— Eu não era assim, é esta foto que me faz parecer assim.

— Mas você se desenhou idêntico, veja. É realmente feio.

Estremeci:

— Sim, isso é verdade, mas você está sendo meio antipático por me falar assim.

— Papai diz que é preciso sempre dizer a verdade.

Imaginei que devia ter sido Saverio quem me definira como feio, naquela foto e talvez sempre. Os corpos — esses farrapos de natureza —, para simpatizar, precisam de afinidades, e eu e meu genro não conseguíamos nos sentir afinados. Ouvi de novo uns gritos, os golpes no tapete se tornaram mais fortes. Examinei a fachada do prédio em frente, ninguém gritava, ninguém batia tapetes. Perguntei:

— O vovô, além de realmente feio, também é meio surdo. Está ouvindo esses gritos?

Ele respondeu enquanto fechava o álbum:

— Estou, é Salli.

— Salli? E por que você não me disse?

— Para não incomodar.

Pus a mão no ouvido, no ouvido direito, porque assim achava que escutaria melhor. Os gritos vinham do nosso quarto, fui ver o que estava acontecendo, Mario me acompanhou como se já soubesse. Salli estava na sacada, a porta-balcão fechada. Batia com a mão nos vidros duplos, mas seus golpes e gritos — vovô, Mariuccio —, justamente por causa dos vidros duplos, ressoavam sem força no quarto e em todo o apartamento. Me lembrei das recomendações de Betta: a porta da sacadinha — uma única folha pintada de branco — não funciona bem. Pensei incomodado: o editor, Mario, Salli, é impossível se concentrar desse jeito. Aquela mulher devia cuidar de mim e do menino, mas sou eu que perco meu tempo com ela por causa de sua distração. Tinha escancarado todas as janelas da casa, depois foi para a sacada e não pensou que a corrente de ar faria a porta bater. Agora estava lá, exigente, a gritar por socorro.

— Pare de bater nos vidros — falei —, estamos aqui.

— Faz meia hora que estou chamando.

— Que exagero.

— Você não me ouviu?

— Eu sou meio surdo.

— Sabe como se faz pra abrir?

— Não.

— Seu Saverio não lhe ensinou?

— Não.

Salli fez uma expressão aflita e golpeou o vidro pela enésima vez. Pensei que naquele instante tínhamos sentimentos especulares, ambos nos exasperávamos pelo tempo que estávamos perdendo um por causa do outro, e isso de repente a aproximou de mim. Já Mario me deixou nervoso, toda ocasião era boa para brincar.

— Eu sei como se abre, vovô.

Não lhe respondi, perguntei a Salli:

— A senhora não consegue abrir pelo lado de fora?

— Se conseguisse, não estaria chamando. Não há maçaneta aqui fora.

— Como é que não há?

— E eu lá sei? Seu Saverio a comprou assim. Mas por dentro basta puxar forte no alto, depois embaixo, e ela destrava.

Mario interveio:

— Entendeu, vovô? Você puxa de lá e depois gira aqui.

Fez gestos precisos com as mãos, que repeti quase sem me dar conta.

— Assim — ele aprovou. — Pego uma cadeira pra ajudar?

— Posso fazer sozinho.

Me esforcei, mas sem êxito, a porta não abriu.

— É preciso fazer com força, com a mesma força de papai.

— O papai é jovem, eu sou velho.

Tentei de novo. Empurrei a maçaneta para cima e depois para baixo, com grande determinação. Nenhum resultado.

— Não posso ficar aqui o dia todo — Salli se agitou —, preciso ir a outras casas. Chame os bombeiros.

— Bombeiros coisa nenhuma.

O menino me puxou, não lhe dei importância. Então, para atrair a minha atenção, ele bateu repetidamente em minha perna com o punho fechado.

— Tenho uma ideia.

— Fique com ela e me deixe pensar.

Não parou de bater em minha perna. Bufei:

— Fale.

— Salli desce o balde e puxa o vazio para cima; quando não houver mais vazio, ela pula e vai embora.

Salli gritou exasperada:

— Se eu não for trabalhar, vão me demitir. Faça alguma coisa, por favor. Quando a porta não abre, é preciso uma chave de fenda.

— É verdade — confirmou Mario —, às vezes papai abre com uma chave de fenda. Posso ajudar: quer que eu busque a chave de fenda?

— Você me ajudaria mais se ficasse calado.

Eu estava agitado, não conseguia me concentrar. Fazia quanto tempo eu não usava uma chave de fenda, uma pinça, uma chave inglesa? Voltaram-me à memória os poucos traços que eu desenhara na borda das folhas e, ao mesmo tempo, a voz insistente de Mario enfatizando — ou melhor, demonstrando — semelhanças entre aqueles traços e o adolescente da foto. Naquela idade eu estava em risco, não ia bem na escola, penava com o latim. Meu pai me mandou trabalhar numa oficina a poucos passos de casa, num lugar que hoje não existe mais. Por uns meses minhas mãos e a cabeça seguiram outro rumo, e talvez o garrancho que eu desenhara tivesse a ver com aquela fase. Preciso fazer desenhos desse tipo, pensei, e senti que estava pronto, a cabeça não se conformava, me mantinha ali feito um poste, me propondo não soluções para resgatar Salli, e sim desenhos e mais desenhos que eu via surgir e desaparecer. Imaginei o rabisco de um eu jovenzinho, capaz de mover corretamente uma maçaneta, de utilizar uma chave de fenda com habilidade. Tive a impressão de poder alcançar aquela figura da eficiência sem tirar o lápis do papel, partindo direto da linha das mãos já nodosas, sujas de graxa, para então subir pelos braços fortes e o pescoço rijo, até a feia careta do rosto. Quantos desses adolescentes povoavam minha mente, eles eram a massa de minha mutação dos doze aos vinte anos, quando o crescimento se encerrara e eu tinha encontrado forças para ir embora daquela casa. Agora estava disposto a tentar um salto mortal para trás, por cima de mais de cinquenta anos de trabalho adulto, lá longe, lá longe, até meu primeiro embate com as formas; quase como se de fato fosse possível deixar para trás o fazer e refazer fervoroso, apaixonado, de hoje, e imergir no zero absoluto, numa cova no gelo onde tudo se conserva. Agarrei a maçaneta e com raiva — raiva, não ira — a empurrei primeiro para cima, depois para baixo. Escutei um clique, puxei a porta, a porta se abriu.

— Já era hora — disse Salli, e entrou na casa quase gritando:
— Preciso ir embora, estou atrasada.

Deu instruções sobre o almoço e o jantar daquele dia e do seguinte, mas falou se dirigindo apenas a Mario, eu não lhe inspirava nenhuma confiança. Depois se trancou na despensa, saiu de lá com o aspecto de uma elegantíssima senhora madura e bateu em retirada.

Sentei na beira da minha cama, Mario tirou imediatamente os sapatos, subiu nela e começou a dar pulos de alegria, desfazendo o trabalho de Salli. Me perguntou: também vai pular, vovô? A porta-balcão tinha ficado aberta, a sacada se lançava contra um céu muito azul. Vi que do retículo negro e acidentado da terra entre as lajotas crescia um matinho amarelado. Disse ao menino:

— O vazio não pode ser puxado para cima com um balde, Mario. Não ouse fazer aquela brincadeira que você me contou agora há pouco: o vazio continua e, se você pular a grade, morre. Papai não lhe disse isso? Só lhe falou que eu sou muito feio?

Então tirei os sapatos, subi na cama e pulamos por algum tempo de mãos dadas. Sentia o coração no peito como uma enorme bola de carne viva que subia e descia do estômago à garganta, e vice-versa.

3.

Mario deve ter pensado que ali começava a hora das brincadeiras desenfreadas. Na verdade minha intenção era apenas contentá-lo um pouquinho e depois voltar ao trabalho. Comemos o almoço de Salli, que estava ótimo, e enquanto almoçávamos tentei fixar algumas das imagens que me vieram à mente. Com uma mão eu levava uma garfada à boca; com a outra, esboçava rapidamente pequenas formas concisas que, devo admitir, não me saíam bem. Culpa do menino: não se conformava, propunha sem trégua, para depois do almoço, brincadeiras segundo ele muito engraçadas. No fim das contas cedi. Vamos tirar a mesa — falei — e depois fazer algo divertido; mas só um pouco, você sabe que o vovô está ocupado.

Tirei a mesa sob as ordens dele, que me recriminou sem parar. Tudo tinha de estar no lugar certo, e não adiantava lhe dizer que depois Salli cuidaria disso. No início suspeitei que tanta escrupulosidade se devesse a um espírito de obediência aos pais, mas logo me dei conta de que não era isso. Mario adorava receber elogios e, como certamente o pai e a mãe fingiam um entusiasmo enorme diante daquela gestão disciplinada de cada objeto, ele esperava que eu fizesse o mesmo. Quando lhe dizia: mas quem se importa onde fica o saleiro, deixe-o ali, não seja chato, ele contraía os lábios e me olhava desconcertado. Só consegui neutralizar sua arrogância ao dizer que quanto mais tempo a gente perdesse arrumando cada coisa, menos tempo sobraria para brincar. Então ele aceitou num piscar de olhos uma ordem sumária e perguntou: vamos?

Obrigou-me tanto ao jogo da escada quanto ao do cavalo. No primeiro eu só fiz bocejar. Consistia em tirar a escada da despensa, abri-la tomando o cuidado de checar se estava bem firme e então subir até o topo para depois descer. A princípio ele subia degrau a degrau e eu me mantinha atrás para evitar que caísse, o que o deixava nervoso porque, segundo ele, não havia necessidade daquilo. Depois, de tanto protestar com respeito, me convenceu a deixá-lo subir enquanto eu ficava na base e o segurava pelo braço. Por fim se rebelou:

— Eu sei subir sozinho, não me segure.

— E se você cair?

— Não vou cair.

— Mas, se cair, vai ficar estatelado no chão, chorando.

— Tudo bem.

— E que fique claro: só mais três vezes e chega.

— Não, trinta.

— Quanto é trinta? Me diga.

— É muito.

Vê-lo subir e descer incansavelmente me deu uma sensação de esgotamento. Puxei uma cadeira para o lado da escada e me sentei, mas tentando vigiar qualquer mínimo vacilo nos seus movimentos para poder me levantar a tempo. Quanta força havia naquele corpo minúsculo. O que lhe acontecia na pele, sob a pele, na carne, nos ossos, no sangue. Respiro, nutrição. Oxigênio, água, tempestades eletromagnéticas, proteínas, dejetos. Como contraía a boca. E aquele olhar para o alto, o esforço das pernas curtas demais para superar com tranquilidade a distância entre os degraus, as mãos agarradas às barras de metal. Sem contar a descida, cautelosa e ao mesmo tempo imprudente, o pé se apoiando no degrau de baixo quando o outro já se soltava, perdia contato. Serzinho determinado, a vista fixada no alto, a vista voltada para baixo, o medo e a alegria do risco. Só consegui fazê-lo parar quando propus que passássemos à segunda brincadeira. Agora se tratava de imitar um cavalo. Resfolegando e gemendo, tive de ficar de quatro. Ele montou em cima de mim, ajeitou-se como um cavaleiro e, segurando-me pelo pulôver, passou a me dar ordens de grande competência: a passo, a trote, a galope. Se eu demorava a obedecer, me dava golpes de calcanhar nas costelas, gritando: eu disse a galope, está surdo? Eu estava surdo, sim, e também cansado, alquebrado, como ele nem podia imaginar. Apesar do exuberante vocabulário, ele era uma criatura bruta, e começou a me considerar de fato um cavalo, deixando de me tratar por vovô e passando a me chamar de Fúria, nome que aprendera como sempre com Saverio. Mas a fúria era ele, todo o seu organismo era percorrido por uma energia incontrolável, uma pura expansão de vitalidade enquistada em meu corpo inadequado; e em cada deslocamento me doíam os pulsos, os joelhos, as costelas. Contudo me empenhei em dar ao menos um giro na casa, corredor, cozinha, escritório de Betta, sala de estar, entrada, gabinete de Saverio e, por fim, a volta ao nosso quarto, onde a sacada tinha ficado aberta e fazia muito frio. Àquela altura eu já estava fervendo: da periferia do corpo o sangue jorrava como uma lava, inflamando-me as veias e o coração, e eu pingava suor, mais suor do que transpirava durante certas noites. Se no corpo de Mario a física e a química mais secretas eram gozosamente violentas, no meu eram lamentáveis, dolorosamente melancólicas, com suas equações e reações cada vez mais batidas, menos resolvidas, como em exercícios de alunos desinteressados. Agarrei o menino pelo braço e o tirei da garupa antes que dissesse: de novo.

— O cavalo está cansado — gemi.

— Não.

— Sim, está muito cansado.

Coloquei-o no chão e deitei ao lado dele, nas lajotas geladas.

— Agora vamos recuperar o fôlego.

— Eu não preciso disso, vovô. Vamos dar outra volta.

— Nem pensar.

— Papai dá cinco.

— Eu dou uma, e se contente com isso.

— Por favor.

— Preciso trabalhar.

— E eu?

— Você tem os seus bonecos, fique aqui, brinque com eles.

— Posso levar os brinquedos pra perto de você?

— Não, me tira a concentração.

— Você é malvado.

— Ah, é verdade, sou muito malvado.

— Vou contar pra mamãe.

— Sua mãe já sabe.

— Então vou contar pro papai.

— Conte pra quem quiser.

— Meu pai vai lhe dar um soco.

— Se eu disser um xô ao seu pai, ele se caga todo.

— Diga de novo.

— Xô.

— Não, aquela outra coisa.

— Ele se caga todo.

Riu.

— De novo.

— Se caga todo.

Caiu numa risada interminável, abandonando-se com grande prazer. Então me sentei no chão, me apoiei na beirada da cama e me levantei. O suor congelara nas costas e no peito, agora eu estava com frio. Fui fechar a porta da sacada.

— De novo, vovô — pediu Mario, me olhando de baixo para cima.

— O quê?

— Se caga todo.

— Não se deve falar palavrão.

— Foi você que falou.

— Eu disse se caga todo?

Ele logo retomou a gargalhada, gritando:

— Sim, sim, sim!

Até a violência prazerosíssima daquele cascatear de boca aberta, com os minúsculos dentes expostos, me deixou impressionado. Invejei a ingovernabilidade dos arranques no rosto e na garganta. Não sabia se já tinha dado uma gargalhada como aquela, com certeza não me lembrava. Que potência havia naquele modo de rir de nada e, ao mesmo tempo, do essencial. Ria das palavras triviais aplicadas ao corpo do pai, e era um riso — me pareceu — sem sombra de angústia. Circulei pelo quarto. Lancei um olhar distraído aos desenhos dele nas paredes, figurinhas humanas, campos verdes e garranchos indecifráveis.

— Você gosta? — me perguntou.

— São muito claros — respondi. E passei a derrubar no chão, um depois do outro, os bonecos que Salli arrumara com cuidado nas prateleiras. Logo depois ergui um caixote cheio de brinquedos e os descarreguei na sua frente em cascata, deixando-o de boca aberta. Os objetos caíram à sua volta quicando no chão como se dançassem. Dei tchau com a mão e disse:

— Divirta-se.

Ele me fixou estarrecido, vermelho.

— Não me divirto sozinho — disse irritado.

— Eu, sim. E tente não me incomodar, senão, ai, ai, ai.

4.

Não me diverti nem um pouco. Brincar com o menino me deixou não só esgotado, mas também tirou energia das imagens que eu achei que devia fixar com urgência. Entrevê-las as tornara acessíveis e, assim, elas acabaram perdendo o fascínio do irrepresentável. Agora estavam que nem bichos doentes, numa espera muda e cega de cura ou morte. Por isso a ideia de lhes dar combate, de tentar tirá-las do nada com a linha veloz que me ocorrera do desenho apontado por Mario, cedeu cada vez mais à preguiça. Tracei apenas umas linhas entediadas, torcendo para recuperar a mão.

Era como se minha imaginação tivesse os olhos velados. O corpo velho de agora já estava distante demais dos adolescentes abortados que tinham reluzido por um instante e depois se romperam, ensurdecendo dentro de mim com um estertor. No entanto eram aqueles — pensei — os fantasmas que poderiam ser úteis para mim. Hostis, perigosos. Aquela minha garatuja traçada de modo automático num canto da folha era sua linha de frente. Empunhava uma faca e, com a faca, a gana de usá-la, de cravá-la no corpo de um passante grosseiro, na garganta de meu pai, entre os seios duros de Mena quando me deixara, no peito do jovem bonito que a tirara de mim. Dos doze aos dezesseis anos eu procurara incessantemente uma oportunidade, queria achar uma brecha para a ânsia de sangue que me fazia mal à cabeça. Se tivesse usado pelo menos uma vez aquela faca, apenas por ameaça, teria finalmente me tornado mais apto para as ruas do Lavinaio, do Carmine, da Duchesca. Não se tratava de um delírio do corpo descompensado pelo crescimento. O delírio naquela época era outro, o de me tornar artista, ainda que na minha casa não se soubesse o que era arte, meu pai não sabia, meu avô não sabia, nenhum dos meus antepassados sabia. Realista era, ao contrário, me tornar um grosseirão e desgarrar, e conhecer a prisão, e sentir nas mãos a capacidade de matar, e fazê-lo como camorrista, fazê-lo e repeti-lo por um traçado totalmente coerente com as ruas nas quais eu me movia até noite funda, estradas de tráficos ilícitos, prostitutas, rufiões. Nada de aquarelas, pastéis, lápis e tintas. Aquela parte frágil de mim estava fora de lugar. Durante a adolescência, eu tive mãos prontas para outra coisa. Quando meu pai me mandou para a oficina ele não foi mau, pobre coitado: deu a si mesmo e a mim uma lição de realismo. A tradição de meus ramificadíssimos parentescos era se tornar mecânico. Ou operário eletrotécnico, como meu pai. Ou torneiro, como meu avô. Isso era o provável e também o possível. Montar, desmontar, aparafusar, desparafusar, unhas sempre pretas, dedos grossos, palmas largas e duras. Ou penar como estivador no porto, no mercado de hortifrútis. Ou ser empregado de loja, garçom, abrir um pequeno negócio, me empregar nas ferrovias pelo resto da vida. Ou viver de expedientes, bravatas e canalhices de regra, mostrando que só pensava em mulheres, que nunca me contentava com nenhuma, que as colecionava, acariciava, desfrutava e arrebentava a cara delas se não quisessem se dobrar quietinhas, *zittemmúte*, ah, eu tinha vontade disso, e depois meus colegas de farra seguiram esse caminho, sempre coerentes com o espaço urbano onde havíamos crescido. Ou rejeitar os escuros abismos femininos e deslizar para os corpos masculinos com a desculpa de humilhá-los, ou apenas porque é mais cômodo se amoldar entre ações e reações conhecidas, ou porque as pulsões são confusas, a carne é incerta, passar sem interrupções dos machos às fêmeas, buracos lá e buracos aqui, quantas distinções inúteis. Naqueles anos eu me esforçara para me subtrair aos numerosos e violentos percursos eventuais do meu ambiente, todos já internalizados nas obscenidades dialetais que eu conhecia desde a infância: *tscommesàng, tomettncúlo, tsguarromàzz*. Era como se vários tipos humanos estivessem à espera no meu corpo, alguns violentos, outros miseráveis. Havia, por exemplo, alguns atentos à regra de fazer o que bem quisessem. Quando estes ganhavam terreno, meu rosto assumia uma expressão de descaso, exibia uma aquiescência arrogante. Também nesse caso eu tinha a disposição adequada: calar para não chocar, para não confrontar, e só falar para concordar, para demonstrar simpatia, para elogiar, para ser amigo de todos, absolutamente todos, vale dizer, de ninguém, e assim parecer inócuo e portanto frequentável, e enquanto isso acumular desprezo por qualquer um, e ferir em segredo. Eu era uma multidão de variações. Até que, por acaso, comecei a mexer com os lápis, com as tintas, apenas por acaso, e senti um prazer surpreendente naquilo. Daí teve início a longa guerra para enfraquecer todos os meus outros espíritos e afugentá-los para as margens do sangue. Não os deixei mais beber, e quanta determinação foi necessária para resistir à consistência do seu rumor depreciativo: *chevvuofàstrunz*, *parlacommemàgn*, *tecriredesseremeglienúie*, *sinupílecúlo*, *sinuscupettinopocèss*. Bastaria uma leve incerteza, um fracasso na escola, talvez até uma piada cruel a respeito das minhas primeiras manifestações artísticas, um deboche capaz de ferir fundo, e eu teria capitulado. Por aquela fenda entrariam a insegurança, o desespero, a infelicidade, e eu teria aniquilado o homenzinho que eu queria me tornar: um cara de palavras elevadas, sentimentos nobres, senso de responsabilidade, sábia defesa do bem, sexualidade segundo a norma, vida absorvida por uma única e grande paixão: produzir num ciclo contínuo minhas obras, pequenas obras, obrinhas — nada me interessava mais. Mas acabei conseguindo, fui capaz de vedar todas as fendas uma a uma, numa operosidade permanente. Eu me tornara carne; o resto, fantasmas. E agora lá estavam eles, parados na grande sala do apartamento da minha adolescência, apartamento hoje transformado em casa de Betta, de Saverio, de Mario. Tinham se reunido ali com seu dialeto, suas maneiras e seus desejos indecentes, sua maldade pronta a explodir por qualquer mínimo conflito. Não me perdoavam por ter escolhido a mais impossível das variações e tê-la defendido contra eles sem ceder um milímetro. Eu os expulsara, mas nunca por completo. Apenas a morte os aniquilaria de vez, eliminando *meu* corpo, ao qual eles sempre aspiraram e que, querendo ou não, os mantinha em vida. Embora fracos, eles nunca renunciavam a reaparecer, sobretudo o rapaz com a faca, que eu no entanto rechaçava com um gesto da mão, de olhos fechados, como pessoa educada. Esse gesto era fruto de um treino muito disciplinado. Havia aprendido a desfocar todo sentimento, reduzir a quase nada a reatividade, não sentir nem amor nem dor, tomar por compreensão a ausência de qualquer afetividade carnal, palpitante. Quando me aconteceu de vasculhar os cadernos de Ada, ela já tinha morrido havia anos. Escrevera que a culpa era minha, que havia tomado o caminho da traição para provar a si mesma que existia fora de mim. Por muito tempo sonhei de olhos abertos que ela ainda estava viva e eu a trucidava. Mas toda vez opunha àquele sonho o gesto educado da recusa e por fim a superei, tive a impressão de entender suas razões, parei de sonhar, passei a amar sua sombra assim como tinha amado sua pessoa viva. Talvez — pensei — eu possa ilustrar James com esses espectros. Agora vamos ver o que o menino está aprontando, aquele pentelhinho, *chilluscassacàzz*.

Voltei à concretude da sala de estar com um impulso da vontade, a luz da tarde estava indo embora. E estava a ponto de levantar da cadeira quando a campainha soou forte. Uma das minhas pernas estava dormente, formigando de modo incômodo, eu mal sentia o contato do sapato no chão. Outro toque de campainha, mais incisivo do que o primeiro. Gritei:

— Mario, você pode abrir a porta? Mariooo, por favor.

A única resposta foi um terceiro, longo e furioso toque. Atravessei a sala e o vestíbulo mancando, abri a porta, me deparei com uma mulher encorpada de cabelos pretos, uma tintura que tendia ao azul-noturno, e olhos miúdos numa cara larga. Estava nervosa, muito pálida. Tinha deixado a porta do elevador aberta e, de modo inexplicável, segurava Mario pela mão.

Tive um longo instante de desconcerto. O que o menino estava fazendo fora de casa, no corredor, com aquela estranha? E também a mulher me pareceu desorientada, não esperava topar com um velho desconhecido, descabelado, com uma ponta da camisa para fora da calça. Houve uma troca confusa de frases: eu me dirigia a Mario num tom áspero para saber por que ele estava fora de casa, a mulher se dirigia a mim num tom agressivo para saber se a sra. Cajuri estava, ou seja, Betta; eu lhe respondia não está, mas quem é a senhora; a mulher levantava a voz e dizia me diga o senhor quem é; eu lhe respondia meio estupidamente sou o avô desse menino, pai da sra. Cajuri; e assim por diante, até que a situação se tornou mais clara e ganhou o andamento da napolitanidade da infância.

— Foi o senhor que mandou a criança lá pra baixo com os brinquedos?

— Não.

— Então quem foi?

— Ele fez tudo sozinho.

— Tudo sozinho? E o senhor não notou que ele abriu a porta, desceu cinco andares e foi bater na minha porta?

— Não.

— Ah, não? O senhor vai fazer o mesmo que sua filha, que quando tem seus compromissos de professora diz ao filho vá, vá, leve os brinquedos e vá se divertir com o menino do primeiro andar; mas depois se chateia comigo porque o mocinho aprendeu nomes feios?

— Senhora, lhe garanto que nunca mandaria o menino pra lá: foi uma distração minha, me desculpe.

— Distração ou não, se o menino caísse nas escadas e quebrasse a cabeça, era bem capaz de que sua filha culpasse meu filho.

— Lamento, não vai acontecer mais.

— Nem deve acontecer de sua criada jogar água suja da sacada e emporcalhar meus panos estendidos, coisa que ela faz dia sim, dia não.

— Vou dizer a Betta, ela cuidará disso.

— Obrigada. E também lhe diga que ela não pode acusar meu filho de roubar os brinquedos. Se meu filho rouba os brinquedos, é melhor que cada um mantenha seu filho e os brinquedos na sua casa. Porque não vou bancar a babá de graça enquanto a senhora sua filha trabalha de professora. Tenho quatro filhos, uma casa pra cuidar, não posso perder tempo. Aliás, sabe o que mais? Se o menino continuar baixando o balde, eu corto a corda e jogo tudo fora.

— Faz bem. Mas onde estão os brinquedos que Mario levou para baixo?

— O senhor também vai dizer que meu filho os roubou?

— Não, mas que roubar, são crianças: era só para saber.

— Tudo bem, se era para saber, vamos fazer assim: quando meu marido voltar, vou mandá-lo trazer os brinquedos ao senhor, e então diga na cara dele que nosso filho é ladrão. Vá, Mario, vá para seu avô: tudo gente de merda, da primeira à última geração, boa noite.

Empurrou-me o menino com maus modos, entrou no elevador batendo a porta de ferro atrás de si e sumiu depois de um solavanco da cabine.

Puxei Mario para dentro, fechei a porta. O menino disse hostil:

— Quero meus brinquedos de volta, preciso deles.

Me inclinei e o agarrei pelos braços:

— Como você teve a ousadia de sair de casa? Se eu lhe disse que é para ficar no seu quarto, você tem que ficar no seu quarto.

A partir deste momento... deste momento, Mario, olhe para mim... ou você faz o que lhe digo, ou vou trancá-lo à chave na despensa.

O menino não baixou o olhar, se desvencilhou, escoiceou:

— Tome cuidado que sou eu que vou trancar você na despensa.

Pronunciou a réplica ameaçadora com um esforço que o exauriu e, no instante seguinte, caiu em prantos.

Lamentei ter feito o menino chorar, recuei o mais rápido possível. Tentei consolá-lo, dizendo: chega, agora eu também vou chorar; dizendo: eu é que vou pra despensa e me tranco lá sozinho. Não adiantou. Ele primeiro chorou a sério, depois, por uma espécie de prolongamento mecânico do choro, prosseguiu assim por uns vinte minutos, fungando e me repelindo quando eu tentava ajudá-lo a assoar o nariz. De vez em quando repetia entre soluços: vou contar pro papai quando ele voltar.

5.

Embora eu tenha permitido que ele acendesse o fogão para esquentar a comida preparada por Salli, embora eu tenha deixado que ele usasse uma faca afiadíssima, que ele pegara arbitrariamente ao pôr a mesa, nossas relações não melhoraram.

— Pode ficar com a faca, mas eu corto a carne.

— Não, eu sei fazer.

— Acredito que você saiba, mas na presença do vovô quem corta sua carne é o vovô.

— Você não é meu vovô.

— Não? Então quem é meu neto?

— Ninguém.

Se Mario não tinha vontade de fazer as pazes comigo, eu menos ainda tinha de fazer as pazes com ele, já que, quanto mais nos afeiçoávamos e nos dávamos bem, menos ele me deixava tranquilo. Mas eu estava preocupado porque se aproximava o momento em que Betta ligaria, e não queria que o menino a assustasse, ela já tinha problemas demais com a inquisição ciumenta do marido. Assim, enquanto lavávamos os pratos do almoço e do jantar — apesar de emburrado, ele continuava se considerando meu ajudante e ia buscar para mim tudo que era necessário, sabão, esponja, pano, acudindo como se fosse um caso de vida ou morte —, comecei a respingar um pouco de água nele, dizendo a cada vez: brincadeirinha. De início se mostrou um ajudante hostil, cabeça baixa e gesto enérgico de recusa.

— Brincadeirinha.

— Pare, vovô.

— Brincadeirinha.

— Pare, já lhe disse.

— Brincadeirinha.

Depois começou a fingir uma queixa, mas já se esforçando para prender o riso.

— Você jogou sabão no meu olho.

— Me mostre.

— Está ardendo.

— Coisa nenhuma, você não tem nada.

Por fim, passou a me espreitar de viés para entender se eu queria brincar e, quando se convenceu disso, tentou por sua vez respingar um pouco de água em mim, dizendo: brincadeirinha. Assim, de brincadeira em brincadeira — de tanto brincar, acabou perdendo o equilíbrio e estava prestes a cair da cadeira em que subira para me ajudar, mas ainda bem que o segurei a tempo —, a tensão entre nós pareceu diminuir. E fomos para a sala assistir um pouco de tevê.

— O que vamos ver, vovô?

— Depois a gente decide.

— Podemos ver desenho animal?

— Animado.

Foi difícil aceitar que os desenhos não eram animais. Citou-me um monte de gansos, marrecos, coelhos, ratos, musaranhos, um catálogo pedantíssimo de bichos que apareciam nos desenhos, para demonstrar que eram animais sem sombra de dúvida. E em seguida me envolveu numa discussão sobre o que significava animal, animar, animado e desenho animado. Falei: são desenhos que se movem, que falam, que têm uma alma. Quis saber o que era alma. Um sopro, respondi, que nos dá movimento, nos faz correr, falar, desenhar, brincar. Teimou em sustentar que os desenhos animais faziam exatamente aquelas coisas. Depois, aos poucos, pareceu se convencer e me perguntou:

— Os desenhos têm sopro?

— Não, quem dá sopro a eles são os que os desenham.

— Seus desenhos não se mexem.

— De fato, não são desenhos animados.

— E por que não faz desenhos animados?

— Se acontecer, vou fazê-los.

— Talvez não deem essa tarefa a pessoas muito velhas, porque precisam agradar as crianças.

— A mim eles dariam essa tarefa.

— Dariam porque você é famoso?

— Você sabe o que significa famoso?

— Mamãe me explicou: até aqueles que você não conhece conhecem você.

— Sim, está certo, significa isso.

— Eu disse pra minha professora que você é famoso.

— E ela?

— Me perguntou como você se chama.

— E você sabia?

— Perguntei a mamãe e depois disse pra ela.

— Vamos ver se você disse certo: fale pra mim o nome do vovô.

— Daniele Mallarico.

— Muito bem. E a professora respondeu o quê?

— Que nunca ouviu seu nome.

Entendi que aquilo o decepcionara e expliquei que havia vários níveis de fama, o meu não era suficiente para a professora. Mas enquanto eu falava me dei conta de que eu mesmo estava um tanto frustrado e, para evitar que a frustração de ambos se transformasse em mau humor, voltei a propor a televisão. Mas foi complicado achar o controle remoto, eu o tomara dele e já não lembrava onde o havia colocado. Circulei pela casa nervosamente, seguido de perto pelo menino. Acendia a luz de cada cômodo, tentava olhar sobre as mesas, escrivaninhas e prateleiras sem me distrair — ação que sempre me pareceu difícil, porque toda vez que procuro algo acabo pensando noutra coisa —, e quando a exploração terminava e eu saía do cômodo, ele apagava com cuidado a luz atrás de mim. Depois de dois ou três giros na busca, é claro, quem encontrou o controle não fui eu, mas ele: estava na sala, debaixo de um dos meus cadernos. Apoderou-se dele com grande entusiasmo, e não consegui mais reavê-lo. Quem achou fui *eu*, ele disse, e *eu* ligo a televisão. Respondi: mas vai só ligar. Não — quase gritou —, também vou mudar de canal. E já começava a contrair os lábios, com olhos hostis. Eu estava a ponto de tirar o controle dele e dizer: chega, ou obedece, ou vai dormir, quando o telefone tocou. Tudo bem, me rendi depressa, fique com ele. E acompanhado pelo menino que esgrimia o controle, fui à cozinha, onde ficava o suporte do telefone sem fio.

Era Betta, estava com uma voz contrariada. Ouvia-se ao fundo um rumor insistente, barulhos que pareciam de talheres. Alguém a chamou, ela respondeu forçadamente alegre: já vou. Depois se dirigiu a mim:

— Como é que você não atende o celular?

— Deixei no silencioso.

— Está tudo bem?

— Sim, ótimo.

— O Mario comeu?

— Mais do que eu. Tudo bem com você?

— Tudo.

— E sua conferência?

— Tudo bem.

— E Saverio?

— Não me deixa em paz, acabou de fazer uma cena.

— *Mannalaffancúlo.*

— Papai, que modos são esses?

— Desculpe.

— O menino ouviu?

— Não, está concentrado em desmontar o controle remoto.

— Passe pra eu dar boa-noite a ele.

— Mario, quer falar com a mamãe?

Torci para que Mario recusasse, no entanto ele deixou as pilhas do controle no chão e correu ao telefone. Ouvi que dizia coisas do tipo: não, sim, volte logo, te amo. Mas justamente quando o telefonema parecia chegar ao final, ele acrescentou: eu chorei. A mãe deve ter dito algo muito complexo para ele, porque ficou escutando sem contestar. Por fim, quase sussurrou: boa noite, mamãe, e beijou o telefone umas dez vezes, repetindo antes de desligar: boa noite, te amo, também amo o papai.

Me estendeu o telefone. Resmunguei:

— Não havia necessidade de você dizer que chorou.

— Eu só disse isso.

— Só? E o que mais havia pra dizer?

— Eu que sei.

— O quê?

— Você machucou meu braço.

— Que nada, só apertei um pouquinho.

— Apertou muito. Vamos ver televisão?

— Sua mãe não quer.

— Não contamos a ela.

— Mas você bem que contou a ela que tinha chorado.

— Desculpe. Não vou falar nada da televisão.

— Se você não souber pôr as pilhas no controle de novo, não conte comigo, não sei fazer isso.

Reinseriu com habilidade as pilhas, correu para a sala, ligou a tevê e se acomodou naquilo que chamou de sua poltrona, mas que de fato era a velha e muito confortável poltrona da minha mãe. Eu sentei no sofá, que era incômodo. A noite não tomou um bom rumo, brigamos demoradamente — e com uma raiva crescente — não sobre um, mas três controles remotos. Ele sabia digitar com precisão os números dos canais que transmitiam desenhos sem parar, sabia como pôr os DVDs, era de uma habilidade que me enervava. E além disso não respeitava acordo nenhum. Você vai ver os desenhos por cinco minutos, eu lhe disse a certa altura, depois o vovô escolhe o que quer assistir. Concordou, mas logo descobri que para ele cinco minutos queriam dizer *para sempre*, e assim me conformei e fiquei cochilando na frente dos desenhos. Mas depois lembrei que justamente naquela noite um amigo meu participaria de um talk show; ele estava lançando um livro que trazia na capa a reprodução de um quadro meu. Então, sem muita conversa, tirei todos os controles do menino e simplesmente disse: fim dos cinco minutos e, se protestar, eu desligo. Não protestou, encolheu-se emburrado na poltrona. Ignorei seu mau humor e passei em revista os vários canais, buscando o programa em que meu amigo falaria. Por fim achei o canal certo, meu amigo estava lá, apareceu por poucos segundos entre outros convidados. Como Mario olhava para a tevê sem dizer uma palavra, assim que meu amigo voltou a ser enquadrado, exclamei:

— Só quero ouvir o que esse senhor vai falar e depois você pode assistir mais uns desenhos, tudo bem?

Silêncio.

Ajeitei-me melhor no sofá, larguei os controles a meu lado. Nesse meio-tempo, o entrevistador falou sobre o livro, meu quadro apareceu na capa. Falei:

— Está vendo? Esse quem fez fui eu.

Murmurou:

— O livro?

— O quadro reproduzido na capa. Amanhã conte à sua professora.

Levantou a voz bruscamente:

— Não gostei.

— Você não gosta de nada, Mario.

— Só o amarelo é bonito.

O amarelo? Não me lembrava de ter dado ênfase especial a algum amarelo, nem me lembrava de ter usado amarelo; por outro lado, não tive tempo de observar direito: a capa desapareceu, o entrevistador passou a palavra ao meu amigo.

— Fique quieto — disse ao menino, que quis acrescentar alguma coisa —, agora escute.

Meu amigo começou a falar, mas como sempre Mario logo violou minha interdição, deixou a poltrona, subiu no sofá, disse não sei o quê. Eu nem respondi, ou acho que não respondi, só queria ouvir se meu amigo me citaria. Uns trinta anos mais novo do que eu, excelente em sua área, mostrava-se seguro de seu trabalho e falava dele como se fosse a coisa mais importante do mundo. Eu nunca fui capaz de me pôr em destaque. Tinha trabalhado duro durante a vida inteira, mas sempre tive vergonha de atribuir peso ao que eu fazia, sempre esperava que os outros fizessem isso. Já meu amigo estava ponderando como, com aquele texto, ele havia modificado toda uma tradição de estudos, e o fazia sem nenhum constrangimento, de maneira persuasiva, tanto que o entrevistador concordava, os outros convidados ouviam com interesse. Eu queria que enquadrassem a capa de novo, esperava ser citado e torcia para que Mario escutasse meu nome, Daniele Mallarico, e exclamasse: falaram de você. Em vez disso, surgiu de repente um desenho muito colorido, cheio de animais especialistas em kung fu.

Me virei de repente e explodi:

— Quem lhe disse para pegar o controle, quem lhe disse para mudar de canal?

Mario respondeu, amedrontado:

— Eu lhe pedi, vovô, você disse que sim.

Estiquei o braço, raivoso, ele me devolveu o controle no mesmo instante. Tentei voltar ao meu amigo fazendo grunhidos de descontentamento, mas não lembrava qual era o canal.

— Você precisa digitar o número — disse o menino, ansioso.

— Calado.

Pulei de um canal a outro, achei o que eu procurava, mas o amigo não estava mais lá. Joguei o controle no sofá e disse com calma fingida:

— Agora você vai dormir imediatamente.

Mas não fiz nada para que a ordem fosse obedecida. Em vez disso, saí da sala, perambulei pela casa, acendi luzes, ouvi a mim mesmo murmurando frases desconexas em dialeto. Agora não só me sentia fraco até o exaurimento, mas também triste, como se todos os infortúnios da minha vida tivessem marcado um encontro naquela casa e naquele momento. Fui ao quarto do menino, onde estavam minhas coisas, tropecei em alguns objetos dele espalhados no chão, brinquedos e mais brinquedos, chutei alguns para longe. Procurei os cigarros, mas pressenti que Betta criaria problemas se na volta sentisse cheiro de tabaco, e fui fumar na sacada.

Logo fui atingido pelo barulho do tráfego misturado ao ar gelado. Dei um ou dois passos cautelosos para fora e aspirei a fumaça, tossi. A noite não tinha estrelas, apesar de o dia ter sido límpido, e o estrondo dos carros, da estação, dos alto-falantes, dos trens parecia muito luminoso, todo faróis, faroletes, vidraças iluminadas, um rumor rubrobranconegroamarelo. Apesar do frio, traguei o cigarro até quase o filtro. Apaguei a guimba no parapeito, joguei-a voando para baixo, entrei.

Pela casa ainda ressoavam as vozes do talk show, Mario não voltara aos desenhos. Quando entrei na sala de estar, vi que ele estava dormindo no sofá. Dormia profundamente, rocei sua testa com os lábios, estava suada.

6.

Enquanto carregava no colo o corpo abandonado do menino pelo corredor escuro, levava dentro de mim um desconsolo desolador. Ajeitei-o na cama ainda vestido e me limitei a tirar seus sapatos. Ao deixá-lo, me pareceu que ele havia retido meu calor.

Atravessei mais uma vez depressa a casa escura — precisava aprender a me sentir entre os fantasmas —, orientando-me pelo clarão da sala de estar, onde a luz havia ficado acesa e a conversa na televisão prosseguia. Sentei na poltrona antes ocupada por Mario e tentei me concentrar na tevê, mas estava cansado e com frio, não tinha vontade de nada, desliguei o aparelho. Fui ver se os aquecedores da sala continuavam acesos, quase me queimei ao tocá-los com o dedo. Talvez o frio viesse dos outros quartos, mas desisti de verificar, ainda tinha dificuldade de achar os interruptores certos. Mario logo percebera minha imperícia, pensei nele com uma mistura de encanto e amargura. Sim, ele era idêntico ao pai, estirpe de doutores doutoradíssimos há muitos séculos, todo preciso, sabido. Não tinha nada de minha filha nem de mim, nada na fisionomia, nada no comportamento. O menino era de material estranho, os cromossomos tinham outra procedência, suas moléculas secretas eram cheias de informações que me eram obscuras, talvez hostis há milênios e milênios. Imaginei com triste ironia que até meus espectros deviam estar contrariados com aquele menino ligado a outro motor genético. Estavam furiosos comigo porque, expulsando-os desde a primeira adolescência, eu me enfraquecera. Você quis se transformar — diziam — num senhorzinho de fina sensibilidade e veja a que se reduziu. Enxotei aquelas imagens, deixei a poltrona gemendo, forcei-me a dar um novo giro pela casa, mas dessa vez acendendo todas as luzes. Ainda adolescente eu via — quando andava no escuro ou na penumbra — parentes de meu pai e de minha mãe que eu conhecera ou só tinha visto em fotografias. Haviam morrido durante a guerra, disso eu tinha certeza, e todavia estavam de pé nos cantos da casa, escondidos atrás de uma porta, atrás de um armário. Se eu os descobria, me faziam sinal para ficar calado, davam uma piscadela, riam sem nenhum som. Depois aquela fase passou, mas agora eu tinha mais mortos na memória do que na infância — quantos amigos e conhecidos meus haviam partido depois de terríveis doenças —, e mesmo as angústias se centuplicaram, tanto que às vezes, em Milão, eu acordava de chofre, certo de que ladrões e assassinos estavam na minha casa, e perambulava insone pelos cômodos, estremecendo quando um reflexo de luz projetava na parede a folhagem móvel das árvores do pátio como se fosse uma presença feroz. O que é que me preocupa — disse a mim mesmo —, mais do que ansioso, eu deveria estar melancólico: já vivi grande parte da vida e agora eu mesmo me aproximo da hora da morte, caberá a Mario me descobrir atrás de uma porta ou nos cantos escuros desta casa. Quantas aparências o cérebro era capaz de pôr em órbita com seu circuito de emoções. O menino não tinha medo do escuro, mas, depois daquele nosso convívio, talvez ele temesse minhas aparições.

Eu estava com sono e sem um pingo de energia para trabalhar. Verifiquei que eu era o único espectro possível a girar pela casa, e que tampouco havia ladrões motivados pela miséria, camorristas assassinos. Fechei o gás, passei a tranca na porta, duas voltas. Ainda preciso ficar com ele todo o dia de amanhã, prometi a mim mesmo, o botão da trava está bem no alto, e nem se subisse numa cadeira Mario, com suas mãos de pequeno criador, poderia alcançá-lo, abrir a porta e descer até o falso amiguinho do primeiro andar. Refiz o percurso ao contrário, apagando uma luz depois da outra às minhas costas. Enquanto finalmente deitava na cama, tomando o cuidado de não esbarrar nos brinquedos, pensei que eu podia ficar sossegado, os fantasmas estavam todos na velha casa da adolescência. Aquela — agora, em meio ao torpor, eu me dava conta disso — corria como uma grande moldura em volta desta onde Mario e eu estávamos. Eu podia enxergá-los e em breve os desenharia, mas a partir de um espaço seguro, a casa velha e a de hoje não tinham como transbordar uma na outra. Quando aqui eu acendia as luzes, lá os espectros caíam no escuro; e quando, como agora, apagava até a última luz da casa e puxava os cobertores sobre a cabeça, os cômodos de antigamente se iluminavam num piscar de olhos e seus habitantes — todos, e feitos de tudo aquilo que eu tinha descartado — se ofereciam a mim como uma matéria inerte que, segundo as velhas fantasias de uma ciência antiga, logo se transmudaria num lodo vivo e insaciável.

7.

O segundo dia foi mais árduo. Às cinco eu já estava de pé. Fui dar uma espiada em Mario, que, vestido como eu o deixara e debaixo dos cobertores, estava muito suado. Como os aquecedores ainda não estavam ligados, temi que ele pegasse uma friagem se eu o descobrisse e me limitei a livrar seus pés, que estavam de meia, e os ombros, protegidos por um pulôver. Esta noite — prometi a mim mesmo — preciso me lembrar de obrigá-lo a vestir o pijama antes de ver televisão. Depois fui até a sala de estar e trabalhei de modo satisfatório na imagem da dupla casa, a do presente e a do passado, uma dentro da outra. No fim das contas, achei que foi útil ter me libertado do conto de James, concentrando-me em ilustrações inspiradas no apartamento de minha adolescência e nos meus próprios fantasmas. O que é que eu sei da Nova York de fins do século XIX, pensei, vou usar Nápoles e inventar, entre a casa do passado e a do presente, uma zona intermediária na qual inserirei uns meninos, muitos meninos, todos em contato entre si como uma longa corrente de irmãos siameses crescidos na miséria e sem qualidades, meninos que não escondem o rosto na sombra ou com as mãos, porque não precisam, são corpos inacabados que se afligem sem boca e sem olhos, raspam os cotos com zelo, se laceram na necessidade urgente de alongar--se, de crescer, definir-se.

Segui por aquele caminho e, nos esboços, ousei muitas cores fora de registro, tonalidades estridentes. Tornei a me lembrar de Mario: nada do que eu fazia o entusiasmara, desde o primeiro momento. Tinha torcido o nariz diante das ilustrações dos livros de fábula, e chamou de feio meu quadro que apareceu na tevê. Mas ele estava com quatro anos, e eu tinha certeza de que apenas repetia opiniões de Saverio, talvez até de Betta. Apenas o elogio do amarelo era dele, e este me parecera autêntico, um rompante sincero. A certa altura senti que se movia pela casa, antes no banheiro, depois na cozinha. Dei um último retoque e depois mais um: por fim, fui ver o que ele estava aprontando.

Flagrei-o na cozinha, de pé numa cadeira. Tinha acendido o fogão, pusera no fogo a água do meu chá, o leite dele. Mas eu não quis começar o dia com uma recriminação e perguntei a ele:

— Dormiu bem?

— Dormi, e você?

— Eu também.

— É prático dormir de roupa, assim já me levanto pronto.

— De todo modo, é preciso tomar banho e trocar de roupa.

— Você já tomou banho?

— Não.

— Fez xixi?

— Fiz. E você, já fez?

— Fiz.

— Desligue o fogo.

Desligou e propôs, cheio de dedos:

— Posso não tomar banho hoje?

Pus leite na sua xícara e um sachê na chaleira.

— Tudo bem.

— Tomo banho quando a mamãe voltar.

— Tudo bem.

— E vou dormir de roupa.

— Isso não.

Por um instante ficou triste, depois se animou de novo, e o resto do café da manhã correu tranquilo. Mas foi difícil fazê-lo aceitar que eu precisava me fechar no banheiro para minhas abluções.

— O que são abluções?

— A ducha.

— E eu? O que eu vou fazer enquanto você estiver no banho?

— O que você quiser.

Ele pensou, me pareceu em dúvida.

— Também posso tomar uma ducha?

Mandei-o buscar uma muda de roupa limpa e o meti debaixo do chuveiro, enquanto, a seu modo prescritivo, ele tratava de me recordar: tomar banho depois de comer pode matar. Entretanto, como eu não agia para salvar sua vida, ele começou a pular, dançar, cuspir água, gritar: está fervendo. Então o enxuguei, o vesti e o mandei para fora, dizendo: agora é minha vez.

Posso ficar?, perguntou. Respondi que não, e por alguns minutos o ouvi pulando e cantando no corredor. Depois, de repente, passou a mover freneticamente a maçaneta, a dar chutes na porta, a gritar: vovô, estou vendo pela fechadura; ou: me deixe entrar, preciso fazer xixi, preciso fazer cocô. Gritei: fique quieto e bonzinho — e ele parou no mesmo instante. Me enxuguei e me vesti às pressas, escancarei a porta.

— Fiquei quieto e bonzinho — disse.

— Já era hora.

— Quando é que eu vou ter um pinto que nem o seu?

— Você espiou mesmo pela fechadura?

— Sim.

— Você vai ter um pinto bem melhor do que o meu.

— Quando?

— Em breve.

A campainha soou energicamente, nos olhamos apreensivos. Não eram nem oito horas da manhã. Ele me aconselhou:

— Bote a faca grande de carne em cima do móvel da entrada.

— Por quê? Papai pega a faca toda vez que tocam a campainha?

— Não, é mamãe que pega quando papai não está.

— Nós homens somos fortes e não precisamos de faca.

— Estou com medo.

— Não tem por que ter medo.

Fui abrir. Me deparei com um homem dos seus cinquenta anos, magérrimo, de estatura mediana, o rosto muito marcado, cabelos ralos. Vi que trazia nas mãos uns brinquedos — um caminhão vermelho, uma espada de plástico — e deduzi que devia ser o pai do menino do primeiro andar. Assumi uma expressão cordial e disse:

— Obrigado, não precisava se incomodar, não havia nenhuma urgência.

O homem ficou tímido e disse com voz sofrida:

— Minha mulher não me dava paz.

— As mulheres são assim.

— Mas a professora Cajuri também exagera.

— O que ela fez?

— Não entende que meu filho só tem seis anos e, como não possui tantos brinquedos quanto o Mario, de vez em quando esconde alguns pra depois brincar sozinho.

— E o senhor o deixe brincar, Mario pode emprestá-los sem nenhum problema. Não é, Mario?

Agarrado à minha perna, o menino fez ostensivamente que sim. O homem disse:

— Eu sei que Mario os empresta, mas a professora não compreende isso. Então me faça o favor de comunicar a ela que o menino não deve mais descer o balde com os brinquedos dentro e não deve vir mais a nossa casa. Não há gatunos em nossa casa. Quem rouba são os que gastam muito pra comprar um monte de brinquedos.

— Agora o senhor está exagerando: minha filha trabalha, não rouba.

— Eu também trabalho. Mas sua filha nos acusa de roubar, e isso não se faz. Tchau, Mario, lamento muito, nós gostamos de você.

Entregou os brinquedos, o menino os recolheu, mas o caminhão lhe escapou das mãos. Falei:

— Entre pra tomar um café.

— Fica pra outra ocasião, bom dia.

Foi embora pelas escadas, sem pegar o elevador. Era evidente que tinha executado uma tarefa que não escolhera, e a fizera contra sua vontade. Pareceu-me um bom homem, eu teria conversado de bom grado com ele sobre como era a cidade quando eu era um garoto, sobre minha juventude antes de sair de Nápoles, sobre como antigamente tudo — bem ou mal — parecia um reflexo do ambiente em que você tinha nascido e como hoje, ao contrário, qualquer coisa — bem ou mal

— parece escrita nas profundezas da carne. Embora eu tivesse de trabalhar e já passasse das oito, sentia a necessidade de uma conversa descontraída com um adulto, estava cansado de ficar sempre e apenas com o menino. Depois de ter apanhado o caminhão, Mario gritou para ele:

— Vou baixá-lo no balde para o Attilio.

— Não vai baixar coisa nenhuma — falei —, leve suas coisas para o quarto e fique lá: hoje não quero ser incomodado.

8.

Não sei quanto demorei combinando os traços e esboços daqueles dias de modo a obter dez pranchas numa versão convincente. O certo é que trabalhei duro e como se de fato tivesse diante dos olhos a velha casa em cada detalhe, com seus habitantes amedrontados ou agressivos, um emaranhado de corpos jovens deformados pela pressão contra a parede transparente que separava o eu atual de tudo aquilo que eu poderia ter sido. Aqueles seres rastejavam, saltavam, se retorciam, lutavam, se estraçalhavam reciprocamente e, para defini-los, recorri — de ilustração em ilustração — a toda a minha experiência. Mas em nenhum momento realmente me abandonei, temia me esquecer de Mario que brincava no fundo do corredor e acima de tudo temia me esquecer de mim. Assim, nunca aconteceu de o prazer prevalecer sobre o cansaço. Simplesmente me vali de toda a habilidade diligente de que era capaz e, quando parei, me dei conta de que havia penado só para poder dizer a mim mesmo: pronto, grosso modo as ilustrações estão prontas, e foram feitas como eu queria. Mas duvidava que agradassem ao editor.

Estava exausto, olhei fixamente o grande quadro que estava à minha frente. Quando o tinha pintado? Mais de vinte anos atrás. Naquela época, havia em torno de mim um discreto consenso, e era quase como se o consenso me confirmasse, carregando-me de energias novas, tudo me vinha com facilidade, o que gerava ainda mais consenso. O que eu tinha diante de mim pertencia àquele tempo feliz: dois metros de base, um metro de altura, apenas um vermelho e um azul, poças puríssimas de cor estendidas na madeira, dentro da qual eu inserira uma sineta de metal escavando um nicho para ela. Deixei a mesa, fui até um canto. Ainda não tinha erguido as persianas, sempre gostei de trabalhar com a luz elétrica, e a luz artificial chovia de modo adequado do lustre, fazendo a borda da sineta cintilar e produzir um arco reluzente que partia do vermelho e terminava no azul.

Por um instante, achei que tudo fora muito bem concebido. Mas logo depois a satisfação me pareceu um efeito da melancolia. Era uma obra memorável ou apenas o testemunho de um período em que o corpo se sentira enérgico, pleno de si? Comecei a notar mil defeitos. Aos poucos me convenci de que não só eu envelhecera, mas aquela obra também. O quadro passou a me parecer uma feia madeira borrada: o que era aquele pó dourado que eu distribuíra ao longo das bordas como uma auréola retangular, qual o sentido de escavar na tábua colorida um lugarzinho para um objeto verdadeiro? As modas, pensei com pesar, se consumam deixando para trás vestígios fúteis de quem as acompanhou. Saí daquele canto, ergui as persianas. Uma luz pálida entrou na sala, o céu estava nublado de novo. Voltei ao quadro. Sem a luz artificial, tudo pareceu ainda pior: agora o vermelho tinha o aspecto de tecidos necrosados, o azul era um atoleiro infecto. Feio, insignificante, tanto aquele pedaço de madeira pintada quanto todas as minhas obras, ainda que eu tivesse gostado delas, ainda que tivessem tido algum sucesso. Talvez eu devesse ter inserido entre meus fantasmas sobretudo as sombras dos quadros que eu acreditava ter feito, mas que de fato, pensando agora, com distanciamento, não fizera. Existia em mim um núcleo autêntico que teria desejado se romper e despejar no mundo formas nunca vistas. Mas eu — vale dizer, minha individualidade tal como o tempo a definira, ou seja, o conjunto das aulinhas que aprendi e das linguagens que assimilei — só soubera produzir obras como aquela tábua com a sineta. Os desenhinhos de Mario, emoldurados pelos pais orgulhosos em torno do meu quadro e pela sala, eram melhores. Dei uma olhada nas montanhas, nos campos, em flores enormes, animais indecifráveis, seres humanos com grandes orelhas, todos obtidos a golpes descontrolados de pastel, todos em tons de verde e azul. Garranchos de menino, Betta também fazia desses na infância, todas as crianças fazem. Me senti tão descontente que teria dado qualquer coisa para começar de novo, ser outro. Preciso de ar, pensei comigo, e abri as janelas, a porta da varanda. Depois deixei a sala e fui arejar o resto da casa.

Escancarei a janela da cozinha, passei ao escritório de Betta, depois ao quarto de Mario: o ar fechado me dava dor de cabeça, e eu não queria acrescentar um mal a outro. O menino tinha passado todo o tempo entre seus brinquedos, disciplinado. Eu o escutara enquanto ele falava com seus bonecos, fazia barulhos com a boca, estrilava ordens, extraía de si melosas vozes televisivas. Quando entrei no quarto ele estava sentado no chão, fazendo voar pelos ares um monstruoso animal chifrudo agarrado numa das mãos, enquanto a outra segurava não sei que super-herói. Assim que se deu conta de minha presença, parou por um instante, lançou-me uma mirada para ter certeza de que eu não estava ali para proibir alguma coisa ou recriminá--lo, e então voltou a brincar como se eu não estivesse ali.

Abri a porta da sacada e ajeitei uma cadeira de modo que ela não batesse com alguma corrente de ar, mas sobretudo para não ver Mario preso do lado de fora. Arrumei da melhor forma possível nossas camas, enfiei os lençóis sujos num saco. Mas agora era mais forte do que eu, não conseguia não olhar pelo menos de viés os numerosos desenhinhos pendurados também naquele quarto. Ele vai crescer — pensei — acreditando que é grande coisa, achando-se destinado a sabe-se lá o quê. E como poderia ser diferente se os pais só fazem exaltá-lo aos quatro anos de idade? Olhe só essas folhas, todas com os mesmos homenzinhos coloridos, como na sala de estar, como no corredor; Betta e Saverio não jogam nada fora, certos de que cada bobagem dele contém o raio original do gênio. Fiquei cada vez mais irritado, tentei repelir o mau humor atribuindo-o a meu abatimento físico, não havia nada a fazer. No entanto, aquela não era com certeza a primeira vez que eu tinha de enfrentar uma queda de confiança. Mas ali, diante daqueles desenhos, senti que havia algo — como dizer — mais orgânico, alguma coisa que me atraía e sacudia para ser dito integralmente. Ainda bem que Mario me interrompeu. Parou de brincar e se aproximou de mim com o super-homem numa mão e o monstro na outra. Apontando a parede com a mão que segurava o monstro, falou:

— Aquele é escuro, vovô, você gosta?

— Gosto de todos.

— Não é verdade. Você me disse que os meus eram claros demais.

— Foi brincadeirinha: você disse que meus desenhos são muito escuros, e eu respondi que os seus são muito claros.

— Eu não tinha entendido que era uma brincadeira.

— Paciência, não se pode entender tudo.

— Então vou ser tão bom quanto você?

— Melhor não.

— Viu como você não gosta dos meus desenhos?

— Gosto muitíssimo. São os desenhos de uma criança, e os desenhos das crianças são todos bonitos.

— A professora diz que os meus são os mais bonitos.

— Sua professora sabe bem pouco e se engana em um monte de coisas.

— Não é verdade — rebateu, batendo na minha perna com o monstro, devagar, como que para reforçar sua discordância.

— Ai — gemi de brincadeira e lhe dei uma pancadinha com o indicador e o médio num dos ombros.

Ele sorriu, pareceu contente. Exclamou: brincadeirinha, e me bateu mais forte na perna. Então começou a gritar, rindo: brincadeirinha, brincadeirinha, brincadeirinha, e a cada vez me golpeava com seu monstrengo, sempre mais forte, numa rajada. Até que mudou para: morra, morra, e eu tentei aparar os golpes, que agora me machucavam. Mas ele golpeou até o dorso da mão com que eu me protegia, senti a ferida causada pelos chifres do monstro e agarrei o braço dele enquanto estava pronto para me bater mais uma vez:

— Chega, você me machucou.

Ele repetiu baixinho, em tom conciliador:

— Brincadeirinha.

— Não é mais uma brincadeirinha, olhe o que você me fez.

Mostrei-lhe um longo arranhão na minha mão. Ele olhou para o sulco de sangue e murmurou, tentando se justificar: você nunca quer brincar; depois acrescentou, buscando reprimir o repentino tremor do queixo: vou dar um beijinho na ferida e a dor passa.

Deixei que me desse o beijinho para evitar que chorasse de novo, agora eu também sentia dor na perna esquerda, na nádega.

— Passou? — quis saber.

— Passou, mas nunca mais faça isso. Sabe onde tem um antisséptico?

É claro que ele sabia. Convidou-me a segui-lo até o banheiro e me indicou onde estava a água oxigenada.

— Você consegue abrir a bolsinha? — perguntou.

— Claro que consigo.

— Eu, não.

— Então tente pelo menos uma vez não aprender.

Mandei-o para fora, fechei a porta. Verifiquei a perna e a nádega, ali também havia pequenas feridas, me desinfetei. Com a velhice, até um arranhãozinho me assustava, ficava imaginando infecções, septicemias, internações de urgência. Não era o medo da morte, acho, era o tédio da enfermidade, o incômodo do transtorno nos hábitos cotidianos. Ou talvez fosse o terror da morte prolongada: preferia ceder de uma vez, num átimo, e não respirar nunca mais.

— Você está aí fora?

— Estou.

— Não saia daí.

— Sim.

Percebi sua ansiedade por ter feito algo de irreparável e me envergonhei de ter perdido a paciência. Quando saí, lhe disse:

— Agora vamos comer e depois trabalhamos juntos.

— Desenhando?

— Sim.

— Na mesma sala?

— Claro, senão como vamos trabalhar juntos?

9.

Durante o almoço, tentei ser o mais afetuoso possível. E o menino também teve o cuidado de não pôr em risco nossa futura colaboração. Para começar, em vez de dar ordens sobre como arrumar a mesa, deixou que eu mesmo fizesse isso. E conseguiu até não meter o bico quanto ao uso do micro-ondas, necessário para descongelar os pratos de Salli. Insistiu apenas, mas com perguntas cautelosas, sobre como trabalharíamos juntos — ele também usou o mesmo verbo — e por quanto tempo. Respondi que trabalharíamos por muito, muitíssimo tempo, até quando ficasse escuro, e garanti a ele — que me indagara fazendo pausas embaraçadas entre as palavras — que, além das suas tintas, ele também poderia usar as minhas, mas só um pouquinho. Entendi que ele dava muito valor àquele jogo da colaboração, decerto mais do que brincar com a escada ou me reduzir de novo a um cavalo, e comecei a pensar que eu mesmo me metera numa armadilha. Torci para que se cansasse logo, antes que eu mesmo me cansasse e — com os nervos em frangalhos como estava — me enchesse o saco, esquecendo que ele só tinha quatro anos.

Antes de irmos para a sala de estar, fomos buscar papéis e tintas no quarto dele. O menino quis me dar a mão, como se o percurso fosse um bosque cheio de perigos e ele precisasse ter cuidado para não se perder de mim. Percebi que tinha deixado a sacada aberta e fui fechá-la, mas ele me chamou, e precisei ajudá-lo a enfiar seus instrumentos de trabalho num envelope. Quando finalmente fomos para a sala, ele segurou de novo minha mão e só então entendi que a verdadeira intenção do gesto era me manter dentro daquele clima afetuoso e tão promissor.

Uma vez na sala, certificou-se de que sua cadeira estivesse colada à minha, e nos sentamos. Mas depois deve ter se lembrado de uma coisa urgente e disse: vou buscar as almofadas. Perguntei para quê, e ele logo me demonstrou como estava desconfortável daquele jeito e que, para ficar sentado, precisava de almofadas no assento. Desapareceu, não voltava mais, e eu me senti sozinho, incomodado com o céu cinzento, com a luz sonolenta, com as pequenas feridas na perna e na nádega, com a ardência do risco vermelho na mão. Quando, de má vontade, estive prestes a ir ver o que ele estava aprontando, voltou correndo com uma almofada azul, daquelas que a mãe espalhava no chão do seu quarto para que não se resfriasse. Ajeitou-a na cadeira, trepou nela e, depois de constatar que estava confortável, me perguntou se podia usar minhas folhas, que lhe pareciam mais adequadas do que as dele. Concordei. Só então me apoiei no espaldar, espichei as pernas debaixo da mesa e, enquanto Mario esperava paciente que eu lhe desse uma tarefa, reexaminei o trabalho daqueles dias.

Folha após folha, fiquei cada vez mais decepcionado. Já suspeitava que não tinha dado meu melhor, mas as dez pranchas que eu fizera me pareceram bem diferentes do que eu imaginara ter feito. Tentei me tranquilizar, não exagerar na insatisfação, e me ocorreu espontaneamente pedir a opinião do menino, que espiava além do meu braço. Precisava de um parecer, e ele, ali do meu lado, era o único que podia me dar. Indaguei se ele gostava das ilustrações. Não perguntei por brincadeira, mas a sério, e foi um momento de absoluta verdade, eu mesmo me maravilhei com aquilo. Diante de minha pergunta, Mario ficou todo vermelho. Em vez de olhar para as pranchas, olhou para mim, tentando saber, acho, se o jogo havia começado. Incentivei que se debruçasse sobre minhas folhas amontoadas umas nas outras, na ordem em que eu pretendia propô-las ao editor para a diagramação, e ele observou com atenção a primeira prancha, pareceu bebê-la com os olhos, uma metáfora antiga que sempre achei maravilhosa; coisas e personagens se dissolvem, se tornam líquidas, e o olho se transforma em boca e garganta, transmudando a irredutibilidade do mundo numa poção. O menino disse:

— Esta aqui você fez clara, olhe quanto amarelo.

Perplexo, primeiro olhei para ele, depois para a prancha, e me dei conta de que ele tinha razão. Involuntariamente, contra minhas já enraizadas escolhas estilísticas, eu tinha usado muito amarelo, ou pelo menos aqueles efeitos que Mario definia como amarelo. Será que eu buscara sua aprovação? Tive vontade de rir, e o menino percebeu, perguntou sério:

— Eu disse bobagem?

— Não — garanti a ele —, não, continue, me diga o que você pensa. O vovô está contente de escutá-lo.

Mas naquele momento o telefone tocou. Que chatice, falei, e o menino concordou comigo, exclamando: não atenda, é aquela gente que tenta enrolar no telefone, o papai sempre grita que não quer ser incomodado. O telefone tocou mais uma, duas, três, quatro vezes, mantendo-nos sob tensão. Vou lá, falei, e Mario me recomendou: grite, assim eles se assustam e não incomodam mais.

Fui até a cozinha, o telefone sem fio não estava no suporte, eu o deixara sobre o móvel ao lado da pia. Atendi. Não era nenhum desses que ganham a vida a duras penas tentando vender mercadorias de todo tipo pelo telefone, era Betta.

— Você não disse que ligaria na hora do jantar? — perguntei, passeando pelo corredor com o fone no ouvido.

— Disse, mas hoje à noite não posso ligar, Saverio vai falar às sete e depois teremos uma série de compromissos.

— As coisas melhoraram entre vocês?

— Não, que nada, pioraram. Ele está tão tenso com a conferência que chega a delirar. Diz que, enquanto repassa o texto no quarto, eu me encontro com meu amigo. Por causa das paranoias dele, agora há pouco aquele cretino quase me estapeou em público.

— Estapeou?

— Sim.

— Diga que eu acabo com ele se ousar fazer isso.

— Acaba? — Um segundo antes ela estava queixosa, e agora caiu na risada. — Papai, você está se sentindo bem?

— Estou ótimo. Diga a ele.

Agora ela ria desbragadamente, como fazia na infância.

— Tudo bem — prometeu meio sufocada —, vou dar o recado: meu pai disse que, se você ousar me dar uns tapas, ele acaba com sua raça.

Não conseguia se acalmar, achava inconcebível que eu tivesse até mesmo conseguido pôr em palavras aquilo que, para mim, naquele instante, parecia algo que eu teria feito com facilidade.

Rebati num tom grave:

— Se separe dele, Betta, você ainda é jovem, bonita, inteligente. Encontre outro mais adequado a você, tenha um filho, aliás, uma filha.

Riu de novo, mas agora de modo fingido.

— Você é doido. Como está indo com Mario?

— Ele mandou dizer que você não deve nos perturbar.

— Fico contente. O que vocês estão fazendo?

— Desenhando.

— Viu como ele é excelente?

— Ah, com certeza.

— Mande um beijo para ele, diga que eu o amo e que nos falamos amanhã.

Voltei a Mario. Eu realmente dava muita importância ao parecer dele, ainda que aquilo me causasse a sensação de ser um idiota. Descobri que, nesse meio-tempo, ele tinha examinado todas as pranchas e as empilhara de modo organizado à sua direita. Bem, perguntei. Ele não disse nada, antes quis saber quem havia ligado, se eram os picaretas que seu pai detestava. Quando respondi que tinha sido Betta, ele ficou chateado, protestou perguntando por que eu não o chamara. Foi difícil convencê-lo de que a mãe precisava trabalhar, e mais difícil ainda fazê-lo voltar às ilustrações.

— Não quer mais brincar? — perguntei.

— Quero.

— Então, o que achou dos meus desenhos?

— Bonitos.

— Tem certeza?

— Mas me dão um pouco de medo.

— Eles *devem* dar medo, é pra um conto de fantasmas.

Balançou a cabeça pouco convencido, tornou a examinar as folhas uma depois da outra, procurava uma delas em particular. Finalmente a encontrou e mostrou a mim:

— Este aqui sentado, quem é?

— O protagonista do conto.

— Qual o nome dele?

— Spencer Brydon.

— O fantasma é ele?

— Os fantasmas são os que estão atrás do vidro.

— Estão chorando?

— Gritando.

— As bocas são só buracos, não têm nem dentes. Faça pelo menos os dentes.

— Estão bem assim. O que achou do amarelo?

Ele pensou um pouco e disse:

— O amarelo aqui é feio.

Fiquei nervoso, o ponto que ele indicava não tinha amarelo. Será que ele estava brincando ali também? Achei insuportável que me desse respostas falsas. Por outro lado, o que eu queria? Era eu que tinha expectativas insensatas. Pedir a um catarrento que avaliasse meu trabalho, e solicitar aquilo por uma necessidade real de segurança — chega, chega. Cortei a conversa: tudo bem, agora você faz seu desenho e eu faço o meu. Ele não gostou da proposta, discutimos por uns minutos. Ele tinha imaginado que desenharíamos juntos, na mesma folha, e foi complicado convencê-lo de que cada um devia se dedicar ao próprio trabalho sem perturbar o outro.

— O que eu vou desenhar? — perguntou de mau humor.

— Desenhe o que quiser.

— Vou fazer o que você fizer.

— Tudo bem.

— Um fantasma.

— Tudo bem.

— Assim trabalhamos juntos.

— Tudo bem.

Eu já estava pronto para erguer a voz caso ele continuasse me impedindo a concentração, mas não houve necessidade.

Depois de alguns segundos o esqueci, e ele não fez nada para me lembrar de sua existência. Naturalmente sentia que ele estava ali do lado, mas no fim das contas isso me pareceu positivo, não precisava me preocupar com ele, poderia trabalhar a tarde toda retocando ou refazendo o que não me convencia, e talvez até me livrasse de vez daquele tormento. Se depois disso o editor continuasse não gostando do resultado, paciência, eu inventaria outras maneiras de enganar a velhice. A vida tinha passado, o que eu podia e sabia fazer já estava feito. Que fosse muito, pouco ou nada, que importância tinha? Todo o meu tempo fora dedicado com prazer àquela vocação, e agora, com o tempo, até o prazer tinha voado para longe. A mão sentia cada vez mais o cansaço, mas antes o gosto era tanto que eu nem me dava conta. Agora, ao contrário, a insensibilidade gelada dos dedos não se deixava disfarçar, enfraquecia a imaginação, levava a melhor até sobre minha obstinada autodisciplina. Senti o golpe, não queria mais continuar me angustiando, parei, afastando as folhas. Olhei mais uma vez meu quadro rubro-azul com a sineta e então me virei para Mario. Ele estava debruçado sobre a folha, quase a tocava com a boca, com o nariz. Terminou, perguntei. Não respondeu. Perguntei de novo, e ele me lançou um olhar opaco, disse sim, e acrescentou:

— Você terminou o seu, vovô?

Dessa vez fui eu quem não respondeu. Ele havia erguido o rosto da folha, e consegui ver seu desenho, as cores. Nada que pudesse ser comparado às casinhas, aos campos emoldurados ali na sala de estar, às dezenas de bonequinhos expostos em seu quarto. Na folha do menino havia a demonstração de uma extraordinária capacidade mimética, de uma natural harmonia compositiva, de um sentido fantástico da cor. Ele tinha me desenhado, totalmente reconhecível, eu agora, eu hoje. E todavia eu emanava horror, era de fato meu fantasma.

— Você fez outros desenhos assim? — perguntei.

— Não gostou?

— É maravilhoso. Você tem outros desenhos como este?

— Não.

— Diga a verdade.

— Já disse.

Apontei as folhas penduradas nas paredes da sala.

— Aqueles são menos bonitos do que este.

— Não é verdade: a professora, o papai e a mamãe gostam muito deles.

— Então por que agora você desenhou assim?

— Copiei seu jeito de desenhar.

Peguei a folha dele e a examinei. Me senti como se tivesse levado um tranco tão violento que me mandou do centro para as margens do mundo. E me lembrei de outro tranco igualmente forte, aquele que senti na infância, quando ainda não sabia nada das minhas capacidades e as descobri entre o encanto e o assombro. Mas ao passo que o empurrão daquela época me induzira a acreditar teimosamente, cada vez mais, na minha absoluta singularidade e relevância — quanta ambição descabida eu concebera —, senti que o empurrão originado pelo desenho de Mario poderia me aniquilar. Reagi intervindo para retificar alguma coisa. O menino quase gritou de entusiasmo:

— Muito bem, vovô, assim ficou mais bonito.

Assim que me chegaram aquelas palavras — *assim ficou mais bonito* —, retirei a ponta preta do lápis como se ela estivesse fazendo mal não à folha, mas a Mario, e desviei o olhar, linhas e cores estavam me envenenando. Falei devagar:

— Sim, hoje a gente fez um belo trabalho.

Ele ficou sério. Assumiu um tom fingido e, olhando a ilustração em que eu tinha trabalhado até minutos antes, murmurou, condescendente:

— Realmente bom. O seu saiu muito claro.

— Vamos assinar.

Ele se confundiu:

— Não sei fazer direito. Você me ajuda?

— Não, cada um assina do jeito que sabe fazer.

— Mas se eu errar vou estragar seu trabalho.

— Quer assinar o meu desenho?

Ficou sério.

— Nós trabalhamos juntos.

— Tudo bem: você assina o meu e eu, o seu?

Gritou um sim com exagerada alegria, e eu passei minha folha para ele. Muito tenso, traçou ao fundo, com caneta vermelha, letras irregulares em caixa-alta: Mario. Eu já me preparava para assinar o desenho dele com a mesma caneta quando ele me impediu, dizendo: com o vermelho, não, com o verde. Assinei *vovô* com o verde, ele tinha razão, era mais coerente com as outras cores. Entretanto a humilhação ia brotando do fundo da cabeça. Pareceu-me um sentimento intolerável e, para me livrar dele, exclamei: agora que o jogo acabou, vamos destruir tudo. Apontei minha prancha, que eu tinha acabado de assinar, e então — como ele me observava inseguro, com os olhos entre alegres e preocupados — peguei uma outra e a fiz em mil pedaços.

— Brincadeirinha? — perguntou baixinho.

— Brincadeirinha.

Lançou um grito agudíssimo e me ajudou a rasgar todo o meu trabalho com a alegria desenfreada com que as crianças desfazem aquilo que construíram pacientemente com o auxílio dos adultos. Rasgava, jogava os pedaços para o alto, estrilava, ria. Quando fez menção de rasgar o trabalho dele também, eu o interrompi, agarrando seu braço.

— Ai — se queixou.

Tirei a folha dele e disse:

— Este aqui, não; este você vai dar de presente ao vovô, vou guardá-lo.

Mas é claro que ele estava achando aquela brincadeira muito divertida e, sorrindo para mim com o desafio no olhar, tentou tirar a folha da minha mão. Eu o empurrei, ele riu. Eu não tinha entendido nada daquele menino, ele parecia bem-educado, mas não era. Me atacou de novo, contra-ataquei. Como ele não conseguia tirar o desenho de mim, começou a jogar pela sala os lápis, canetas, tintas, meu caderno, acompanhando o lançamento de cada objeto com um grito gaiato: brincadeirinha. Tentei mostrar que a brincadeira tinha terminado, mas não consegui, e por fim o puxei da cadeira, de sua almofada, e intimei:

— Agora arrume tudo, imediatamente, antes que a gente brigue de novo.

Ele parou, passando rapidamente da alegria à cara amarrada.

— Mas então me ajude.

— A culpa é sua, portanto se vire sozinho.

— Foi você que me disse para rasgar os desenhos.

— Sim, não lhe disse pra fazer essa bagunça.

— A gente estava brincando.

— Não quero discutir.

— Você é malvado.

— Sou. E o proíbo de sair desta sala antes de recolher e arrumar todas as minhas coisas.

O que estava acontecendo comigo? Me controlei para não ameaçá-lo com a mão estendida como uma faca, a um centímetro da bochecha e pronta a lhe dar um tabefe. Em vez disso, saí da sala batendo a porta atrás de mim com tal força que um pedaço do reboco se soltou do batente.

10.

Fui à cozinha à procura dos cigarros, que estavam ao lado da pia. Senti que ali, na sala de estar, havia acontecido algo de decisivo, mas, para organizar meus sentimentos, eu precisava me conceder um pouco de trégua. Desisti de fumar, era melhor um chá de camomila. Abri portas e gavetas a esmo, nem sabia se havia aquele chá na casa, nem queria pedir nada àquele bonequinho de carne insolente. Meu Deus, o que ele tinha feito, o que foi capaz de fazer, a um passo de mim, sentado ao meu lado. Precisava de um lugar para refletir com calma. Fui ao banheiro, urinei com dificuldade, saí. Notei o ar frio, não lembrava se tinha fechado a porta-balcão do quarto de Mario. Tive a impressão de que não, o menino me distraíra. Fui verificar: a sacada havia ficado aberta. Desloquei a cadeira que barrava a porta, olhei para fora, via-se ainda um pouco de luz violeta na base do céu escuro sobre o Centro Direzionale. Então descobri que o balde não estava ali, a corda pendia para além da grade. Mais uma vez o sangue me subiu à cabeça. Quando Mario viera buscar as almofadas, não conseguiu resistir e parou para descer o balde e mandar brinquedos para o seu amigo, contrariando todas as proibições. Mais cedo ou mais tarde o pai de Attilio — ou pior, a mãe — voltaria para protestar. Eu estava com raiva, avancei cauteloso sobre a sacada. Havia vento, puxei a corda com uma náusea induzida por uma leve vertigem. Ainda bem que o balde estava cheio de brinquedos. Atrás de mim, ouvi Mario exclamando, entusiasmado:

— Vovô, vou fazer uma brincadeirinha com você.

Virei e ordenei:

— Não saia, está frio.

Não saiu. Empurrou a porta-balcão com toda a força e me trancou do lado de fora.

Terceiro capítulo

I.

Não fiz nada. Por um número interminável de segundos, permaneci no parapeito com a corda entre as mãos, o balde ainda balançando no vazio, a cabeça virada para olhar a estrutura branca da porta e a longa placa de vidros duplos. O barulho do tráfego ficou insuportável, apagava qualquer outro som. Não consegui ouvir nem enxergar o menino. A luz do dia se reduzira a pálidos reflexos, não era capaz de penetrar no quarto. Soltei a corda de uma vez, me afastei lentamente da borda extrema da sacada, finalmente entrevi Mario. Estava imóvel, parado com sua exígua estatura na base da porta-balcão, as mãos ainda apoiadas no vidro, os olhos espertos. Não disse nada, me parecia não ter sentimentos. Apenas apoiei as mãos no vidro como se fosse uma projeção da pose em que Mario se imobilizara e empurrei com energia, certo de que era o menino que me impedia de entrar e que bastaria minha força para debelar a dele. Como a porta não se moveu nem um milímetro, finalmente me dei conta da minha angústia. Os movimentos se tornaram frenéticos, passei a exercer com todo o corpo, arquejando, uma pressão irracional contra o vidro. Depois me rendi. Eu tinha ficado do lado de fora e Mario, dentro.

Consegui não gritar, ainda que naquele momento sentisse uma aversão pelo menino que me queimava os olhos. Em vez disso, investi mentalmente contra Saverio. O imbecil tinha mandado instalar uma porta sem maçaneta externa, suas únicas preocupações foram impedir que o barulho externo perturbasse o sono do filho e que ladrões entrassem no quarto. Além disso, apesar de a porta se mostrar defeituosa, ele, todo tomado pela mania de atormentar minha filha, nem se dera ao trabalho de mandar substituí-la ou pelo menos consertá-la. Como Betta pôde viver com um homem assim por tanto tempo e ainda ter um filho com ele? Me abaixei até ficar da altura de Mario. Agora eu via apenas suas mãos palidíssimas contra o vidro, a escuridão devorara completamente o céu, a sacada, o quarto, o menino. Bati de leve com os nós dos dedos, tentei sorrir.

— Bela brincadeirinha — falei com voz bem alta —, agora, por favor, pode acender a luz?

— Agora mesmo, vovô.

— Não corra, não se machuque.

Até as mãozinhas desapareceram, mas por instantes. A luz se acendeu no quarto, irrompeu na sacada, e isso me acalmou. O menino voltou correndo, estava eufórico.

— E o que eu faço agora?

O problema era justamente esse, o que fazer.

— Fique sentado no chão.

— E você na sacada?

— Sim — concordei e, com algum esforço, me agachei ao lado da porta-balcão.

— E depois?

— Um momento.

Eu precisava refletir e sobretudo dosar as palavras, queria evitar que ele sentisse a gravidade do que tinha feito e se assustasse. Perguntou:

— Está me vendo, vovô?

— Claro que estou.

— Eu também. Vamos dar um oi?

Me mandou um oi com a mão para se certificar de que eu estava de bom humor, e eu devolvi o gesto. Não bastou. Ele bateu sorrindo contra o vidro, e eu bati sorrindo de volta. Busquei o olhar dele. As pupilas brilhantes me refletiam em forma de figurinha, um boneco que, pouco antes, lhe passara milagrosamente pelas mãos e se tornara um desenho que me deixara sem fôlego. Que organismo minúsculo ele tinha, e contudo quanto mundo, quantas palavras já continha. Ele as encadeava para dar a impressão de que entendia bem seu sentido, mas não entendia nada. Era assim em cada manifestação sua. Não entendia nem o que tinha desenhado e colorido minutos atrás. Mario era apenas o pequeno recorte de uma substância viva cujas potencialidades — como ocorre a qualquer um — estavam comprimidas nele à espera de desdobramentos. Dali a duas décadas, por comodismo, poria em surdina grande parte de si — uma área vasta, a ser despojada aos poucos — e correria atrás de alguma miragem que depois chamaria de *meu destino*. Mario, disse-lhe batendo os nós dos dedos no vidro, e ele logo se inflamou de interesse, não via a hora de receber ordens. Você sabe, perguntei, que eu não posso entrar em casa? Claro que ele sabia — *eu sei, vovô* —, mas não via nada de mal nisso. Agora vamos brincar um pouco, falou, e depois você entra. Evidentemente ele imaginava um período indeterminado de brincadeiras — ele de um lado do vidro, eu, do outro — que, quando o tivesse entediado, terminaria e então eu poderia voltar ao apartamento.

— Mario — objetei —, se alguém não abrir pra mim, não vou poder entrar.

— A Salli vai abrir pra você.

— A Salli só vem amanhã de manhã.

— Então vamos brincar até amanhã de manhã.

— Amanhã de manhã está longe, não podemos brincar tanto.

— Você precisa trabalhar?

— Preciso.

— Você é muito trabalhador, vovô. Agora vamos brincar, e mais tarde o papai o traz de volta.

— Papai só volta depois de amanhã, e depois de amanhã é muito mais longe do que amanhã de manhã.

— Então eu abro pra você. Agora me diga o que vamos fazer.

Estive a ponto de perder o controle, só fui detido pela impressão de estar com o celular no bolso da calça, mas achei apenas o maço de cigarros e os fósforos. Vai saber onde estava o celular, não o usava havia tempos, a última chamada que recebera — ou de que me lembrava: eu o mantinha frequentemente sem o sinal sonoro — era a do editor. O menino bateu forte contra o vidro, não tolerava que eu me distraísse. Talvez eu estivesse errando, talvez eu devesse aterrorizá-lo, fazê-lo entender bem a enrascada em que tinha nos metido. Mas agora eu já assumira aquele tom falso-afetuoso e continuei a usá-lo.

— Mario — disse —, sabe onde está o telefone de casa?

Ele se entusiasmou.

— O sem fio?

— O sem fio.

— Claro que sei.

— Consegue buscá-lo pra mim?

— Consigo.

— Sem subir numa cadeira?

— Sim.

Já estava para sair correndo quando bati os nós dos dedos no vidro:

— Espere.

Disse que, antes, ele precisava fazer uma coisa: pegar uma folha que estava na prateleira ao lado do fogão e trazê-la para mim.

— Correndo?

— Não, sem correr.

Assim que fiquei só, percebi o frio e me dei conta de que estava de chinelos e com um pulôver leve. Mas logo estaria dentro de casa. Na folha de instruções Betta me deixara alguns contatos para qualquer emergência. Mario era tão treinado em telefones e controles remotos que seria fácil fazê-lo digitar um daqueles números e pedir ajuda. Olhei o pátio lá embaixo: era um poço escuro, nenhuma das janelas, nenhuma das sacadas montadas umas sobre as outras emitia qualquer claridade. Já a rua à minha esquerda, um amplo canal cheio de tráfego, estava bem iluminada, partia das luzes da estação e prosseguia festivamente por uma corrente de faroletes vermelhos e outra de faróis que escoavam a passo de lesma na direção oposta. O clamor das vozes e o ruído dos motores impacientes eram violentíssimos. Me senti mais fraco do que de hábito, e não pelo esgotamento físico, mas pelo desenho assombroso que Mario fizera. Nem mesmo a angústia daquela situação conseguia expulsá-lo de todo.

O menino voltou às carreiras, chocou-se feliz contra o vidro e estendeu nele a folha com ambas as mãos. Me agachei, tirei os óculos. Vire a folha do outro lado. Dentre os números marcados por Betta havia o de Salli, e me senti aliviado. Pedi a ele que deixasse a folha no chão e fosse buscar o telefone sem fio. Respondeu com alguma incerteza:

— Já fui buscar.

— E então?

— Não está no lugar.

— Como assim?

— *Você* não o pôs no lugar.

A ansiedade disparou. Culpa minha, sim, eu falara com Betta na hora do almoço e depois devo ter me distraído. Que cabeça, fazia uma coisa, pensava noutra, a vida evaporava. Tentei me concentrar, mas o menino vibrava, perguntava sem parar, batendo no vidro: *vovô, o que é que eu faço agora?* Agora, disse a mim mesmo, preciso reconstituir meus movimentos. Tinha usado o sem fio pela primeira vez na noite anterior. Betta havia ligado, e conversei com ela passeando pela casa. Depois nos despedimos e pus de volta o aparelho no pedestal, de todo modo em algum lugar da cozinha. Quando de fato houve a chamada de hoje — *vovô, o que é que eu faço?* —, era ali que eu tinha encontrado o telefone. Mas depois a conversa com Betta transcorreu toda no corredor, disso eu me lembrava perfeitamente. E no final — *vovô, e então?* — fui direto para Mario, na sala de estar. O menino bateu no vidro com ambas as mãos para demonstrar sua impaciência. Tive um rompante e exclamei: chega. Ele piscou os olhos surpreso e retirou as palmas do vidro, abertas como num gesto de rendição. Me arrependi imediatamente, só faltava que ele voltasse a chorar ou se irritasse e não quisesse colaborar mais. Sorri para ele e acrescentei: desculpe, o vovô estava pensando; mas agora sei onde o telefone está, com certeza o deixei na sala, vá lá com calma, vai encontrá-lo na mesa. Ele sossegou logo, deu passos exageradamente lentos em direção à porta, foi engolido pelo corredor.

O céu lançou lampejos distantes. Preciso me movimentar um pouco para combater o frio. Tornei a ficar de pé, mas não me mexi, não me fiava naquela laje artificialmente estendida sobre o vazio que vibrava com o tráfego dos automóveis, dos trens. Na verdade, naquele momento não me fiava em nada, nem no ferro, nem no cimento, nem em todos os edifícios da cidade. Estava reemergindo o sentimento da precariedade de tudo o que Nápoles me transmitira desde a adolescência e que aos vinte anos me fizera ir embora. Reexumei o aglutinado de construções e corrupções selvagens, de saques e latrocínios. Lembrei como cada segundo de vida naquela casa, naquele bairro, tinha sido marcado pelos dedos de meu pai nas cartas de jogo, pela sua ávida necessidade de *calafrio* que o impelia a jogar com nossa própria sobrevivência. Tinha lutado com todas as minhas forças para me separar dele, de todos os genitores, da cidade arruinada, e demonstrar que eu era diferente. A força me viera de uma suposta excepcionalidade minha. E agora esse menino, que sabe-se lá que espécie de hominídeos trazia nas veias — esse menino que cresceria com mãos largas, pernas grossas, mesquinhamente ciumento como o pai, gentil por fingimento, em suma, o que de mais distante havia de mim —, de repente, sob meus olhos, fizera um desenho inesperado e somente para me imitar. Ele o extraíra de si por diversão, o escavara da sua carne profunda, de algum ácido nucleico, de algum fósforo e azoto. E assim me revelou que custodiava em si a mesma potência que eu me atribuíra desde pequeno como um sinal distintivo. Portanto não se tratava apenas de um dom meu. Aliás, como se manifestava nele e talvez em qualquer um — até no dono do bar da manhã passada —, ele não me definia como eu sempre acreditara. Compreendi o que me acontecera na sala de estar. O desenho de Mario me arrancara do corpo a ideia que eu tinha de mim. Tive um calafrio e me encolhi contra o vidro, como se a luz do quarto pudesse me aquecer.

Toc, toc, toc, Mario voltara. Batia no vidro o telefone sem fio: tinha encontrado. Muito bem, disse a ele. Vi que estava muito excitado, as bochechas vermelhas, olhos entusiastas. Perguntou:

— E agora, vovô?

2.

Tive a impressão de que as coisas estavam caminhando bem.

— Agora pegue a folha e a ponha contra o vidro — disse.

— Para quê?

— Preciso decorar o número de Salli.

Obedeceu. Repeti várias vezes o número com os lábios, tentando me concentrar; então, como temia esquecê-lo, passei-o a Mario em voz bem alta e pedi que ele me repetisse a sequência. Ele gritou, feliz que eu o submetesse àquela prova:

— Trêstrêscincoumzerodoisumnovedoiscinco.

— Ótimo, de novo.

— Trêstrêscincoumzerodoisumnovedoiscinco.

— Agora vamos ligar.

O menino sentou no chão.

— Sente também, vovô.

Sentei com dificuldade o mais próximo possível do vidro. Ele repetiu os números para si enquanto teclava. Em poucos segundos, gritou:

— Oi, Salli, tudo bem? Eu estou bem.

Suspirei de alívio e gritei por minha vez:

— Diga a ela que fiquei trancado na sacada e que ela precisa vir agora mesmo com as chaves.

Mas o menino me ignorou.

— Mamãe e papai ainda não voltaram. Eu estou com o vovô, ótimo. Mas ele bateu uma porta tão forte que eu me assustei. Agora ele está na sacada e estamos brincando de telefonar. Tchau, Salli. Tchau, tchau, tchau, tchau.

Afastou o fone do ouvido e olhou para mim:

— Faço outra ligação?

— Salli — berrei sobre a voz dele —, não desligue, por favor. Eu estou na sacada, estou preso do lado de fora. Preciso de ajuda, Salli.

O menino me olhou duvidoso, eu devia estar com uma expressão terrível. Disse:

— Salli desligou.

— Desligou porque você interrompeu o telefonema.

— Eu não interrompi nada — murmurou.

Dei um profundo suspiro:

— Ligue de volta: lembra o número?

— Trêstrêscincoumzerodoisumnovedoiscinco.

— Ótimo. Ligue de novo.

Pressionou algumas teclas, poucas para aquele monte de números. Teclou rapidamente, com falsa segurança, e uma parte de mim começou a se perguntar timidamente se ele estava telefonando de verdade.

— Mario, por favor, refaça o número com muita atenção — falei.

Seu lábio inferior tremeu.

— De verdade ou de brincadeira?

— De verdade. Vamos: 3-3-5.

Me interrompeu:

— Não sei telefonar de verdade, vovô.

Fiquei calado, não conseguia entender. Perguntei:

— Você não conhece os números?

— Só o um, o zero e o dez.

— E o controle remoto? Você tecla o número dos canais de desenho e não sabe usar o telefone?

— Eu sou pequeno — respondeu, e tive a impressão de que sofria com aquilo. Mas não havia o que fazer, ele era pequeno de verdade, e os pais, mesmo sendo matemáticos, foram pródigos com as palavras, com os números, não. Quando Mario usava o controle para ir aos canais de desenho animado, recorria à memória visual. Mas não conseguia fazer o mesmo com o telefone, pressionava as teclas ao acaso. Agora mesmo ele se esforçava, nervoso, para se comportar direito. Olhei seus dedos saltitantes e pensei: talvez alguém acabe atendendo de qualquer jeito, e já estava para gritar a ele: chega, escute se alguém diz alô. Mas só então me dei conta de que as teclas não emitiam som, que o display estava escuro, o sem fio estava descarregado.

— Por favor — falei —, ponha agora mesmo o telefone no lugar.

Porém, talvez porque o frio me dificultasse pronunciar as palavras com clareza, talvez porque o pedido não tenha sido peremptório o bastante, Mario não se moveu.

— Não vamos mais brincar? — perguntou, olhando para o sem fio.

— Não.

— Só porque eu não sei telefonar de verdade?

— Não, porque o telefone não funciona.

— Mas dá pra brincar muito bem com um telefone que não funciona, eu e papai sempre fazemos: é você que não quer brincar.

— Mario, deixe de história, vá pôr o telefone no lugar.

O menino se levantou, mas deixou o sem fio no chão. Disse:

— É culpa sua se não funciona, foi você que não o colocou no lugar. Mamãe diz que você só pensa nas suas coisas.

— Tudo bem, mas obedeça.

— Não, vou ver desenho animado.

Saiu do quarto, embora eu gritasse:

— Volte aqui, Mario, você precisa me ajudar. Me ajudar também é uma brincadeira.

Passou um minuto, passaram dois, pensei que estivesse escondido em algum canto à espera de um novo chamado que lhe permitisse fazer as pazes. Não aconteceu. Bati contra o vidro, tornei a gritar, mas dessa vez com um tom persuasivo: Mario, venha, me lembrei de uma brincadeira fantástica. E era verdade, queria que ele fosse procurar meu celular. Com ele tudo seria mais simples: eu poderia lhe indicar o símbolo das chamadas já feitas, depois o nome da mãe e, ligando para Betta, ela poderia entrar em contato com Salli e mandá-la para cá. Mas, como única resposta, ressoaram pela casa as vozes finas e os vozeirões dos desenhos num volume bem alto. Me esgoelei — *Mario, Mario, Mario* — inutilmente: era claro que ele não queria me ouvir. Por outro lado, ainda que tivesse me ouvido, ainda que voltasse à sacada, onde eu havia deixado o celular?

Foi difícil me lembrar e, quando finalmente consegui, fiquei ainda mais deprimido. O telefone estava bem ali, diante de mim, a poucos metros dos vidros duplos. Eu o deixara na prateleira mais alta de uma estante, em meio aos bibelôs de quando Betta era adolescente, e fizera isso para impedir que

Mario pudesse alcançá-lo. De fato, ele nunca poderia chegar ali, nem subindo numa cadeira. Porém, mesmo que conseguisse, não serviria de nada. Lembrei naquele instante que fazia pelo menos três dias que não o recarregava, com certeza o celular seria tão inútil quanto o sem fio.

Que irresponsabilidade estúpida, eu só me importava com o que não era essencial. Fiquei encolhido contra o vidro, tinha até medo de me levantar. Estava como aqueles que detestam voar e passam o tempo todo sem ir ao banheiro, sem sequer cruzar as pernas, com o terror de que, só de deixar a poltrona, o avião possa perder o equilíbrio, pender, virar de ponta-cabeça e cair até se arrebentar. Por outro lado, eu devia inventar alguma coisa, gritar, buscar — sei lá — chamar a atenção dos vizinhos, dos passantes. Mas como? Estava no sexto andar, de viés em relação à rua, dominado pelo barulho. Sem contar que, se ninguém parecia notar as vozes altíssimas dos desenhos animados, quem daria importância aos meus gritos estrangulados pelo frio? Suspirei, estava arranjando desculpas, e sabia disso. O que realmente me impedia de esbracejar e pedir socorro era a vergonha. Eu quis ser *mais* do que aquele espaço onde havia crescido, eu tinha buscado a admiração do mundo. E agora que estava no fim e fechava minhas contas, não suportava surgir como um homúnculo histérico que pede socorro da sacada da velha casa em que viveu quando criança e de onde fugiu cheio de ambições. Tinha vergonha de estar trancado ali fora, tinha vergonha por não ter sabido evitar, vergonha de me descobrir sem a controlada plenitude de si que sempre me impedira de pedir socorro a quem quer que fosse, vergonha de ser um velho transformado em prisioneiro por um menino.

O menino, pois é: quem me garantia que ele realmente estivesse sentado na poltrona, na frente da tevê? Talvez estivesse circulando pela casa, tomado por todas as palavras que seus pais imprudentemente lhe inocularam. Podia acender o gás.

Podia botar fogo na casa e em si. Podia abrir as torneiras e alagar tudo. Podia se afogar na banheira ou se ferir com as lâminas do pai. Podia trepar nos móveis, fazendo-os tombar em cima de si, esmagando-o. A imaginação começou a multiplicar os perigos e, quanto mais aumentava minha angústia pela sorte de Mario, mais ele — com um deslocamento incongruente — me parecia um inimigo, um inimigo já adulto, já poderoso. Lembrei-me do olhar que me lançou quando disse: vou ver desenho animado. Eu nunca tivera aquela sua força, a força de dizer: ou faça como eu lhe digo, ou pior para você. Pelo que recordava, eu tinha sido um menino introvertido. É verdade, muitas vezes cultivei densos sentimentos ruins, mas sempre tomei vias oblíquas para expressá-los. Já Mario possuía os cromossomos de quem enfrenta qualquer um que se oponha a ele, e sai vencedor. Ou talvez agora eu estivesse exagerando, ele era apenas um menino como outro qualquer, que fazia coisas de menino. O problema estava em mim, que havia dilapidado toda a minha vitalidade e agora me exasperava só de perceber a energia naquele corpo minúsculo. Até minhas capacidades artísticas ele conseguiu aviltar, pensei. Tinha demonstrado que, em pouco tempo, podia aprender comigo todas as coisinhas que eu sabia fazer. Tinha demonstrado que era capaz de fazer melhor, imediatamente, agora, aos quatro anos. E isso para que eu percebesse o que ele saberia fazer mais tarde, depois de crescido, quando — no caso de vir a seguir o mesmo caminho que eu, redimensionando suas mil outras possibilidades de filhote feroz — finalmente me apagaria com sua habilidade, apagaria toda a memória de minhas obras, me reduziria a um parente com uma frágil vocação criativa, a um grumo de tempo gasto mediocremente.

Decidi ficar de pé, precisava achar uma solução. Dei uma olhada cautelosa para baixo, segurando a grade com firmeza. Agora havia algumas luzes acesas. Não via bem, mas me pareceu que o primeiro andar estivesse iluminado, a claridade se expandia pelo escuro do pátio. Talvez — pensei — eu possa contar com a inimizade da mãe de Attilio. Planejei provocá-la, baixando o balde com os brinquedos, calculei provocá-la e ao marido balançando o recipiente diante da porta-balcão deles. Foi o que fiz, mas me sentindo um idiota, um sujeito de mais de setenta anos brincando como uma criancinha. Verifiquei se o balde estava balançando na altura do primeiro andar, pelo que eu conseguia avistar me pareceu que sim. Com a esquerda me segurei ao gradeado, com a direita imprimi à corda um movimento oscilatório, torcendo para que aparecesse alguém praguejando na mancha de luz. Nada. Desolado, deixei o balde balançando por um tempo, o coração me pulsava na cabeça. Depois, sempre me segurando com a esquerda, sacudi um pouco a corda e a soltei com tudo, várias vezes. Nada, nada. Então subi o balde com raiva, num segundo, era leve. Queria atirar os brinquedos lá embaixo, tentar atingir a sacada. Mas, quando o balde já estava ao meu alcance, descobri que estava vazio.

3.

A coisa me deixou feliz, naqueles poucos minutos alguém pegara os brinquedos. Tinha sido Attilio? A mãe dele? O pai? Quem quer que tivesse feito aquilo, logo haveria uma reação. Sobretudo a mulher se sentiria insultada, correria até aqui e tocaria a campainha com raiva. Ah, bendita raiva. Agora bastava apenas achar uma maneira de induzir Mario a desligar a tevê ou pelo menos abaixar o volume, havia o risco de que nem eu nem ele escutássemos a campainha.

Voltei à porta-balcão, com o balde ainda na mão. Comecei a bater com a mão que estava livre, gritando: Mario, venha até o vovô, preciso lhe contar uma coisa maravilhosa. Minhas têmporas latejavam, a garganta doía, eu estava congelando. Acabei mudando de tom quase sem querer: Mario, o que você está fazendo, não me provoque, volte logo aqui. E enquanto eu berrava já fora de controle, talvez pelo esforço, talvez por causa da hemoglobina e da ferritina, deparou-se diante de mim, do outro lado dos vidros duplos, um espetáculo repugnante. A parede da frente, onde minha cama estava encostada, era um enorme pedaço de toucinho com listras de carne rosada, e da banha se projetavam infinitas carinhas malvadas. Fechei os olhos, reabri. O toucinho ainda estava lá, apinhado de pequenos rostos vivos, e senti uma forte náusea. Aterrorizado, tentei afugentar a alucinação com outras imagens, mas só consegui substituí-la por uma que me pareceu mais imediatamente ameaçadora. Vi a porta de entrada para a qual Mario deveria correr, caso algum morador do primeiro andar tocasse a campainha. Foi uma visão hiper-realista, evoquei a porta dupla marrom, o ferro escuro da tranca, a maçaneta, o botão da trava de segurança. E então me dei conta de que, se a família inteira viesse — pai, mãe, Attilio, os irmãos —, se eles tocassem a campainha com insistência furiosa, se eu conseguisse me comunicar com Mario e mandá-lo até a porta, o menino nunca seria capaz de abri-la, porque eu mesmo a trancara por dentro para evitar que ele descesse de novo até o amigo. Mario só conseguiria alcançar a bolinha de latão da trava com uma escada. Mas ele nunca seria capaz de transportá-la da despensa até lá, abri-la, armá-la do modo certo. E, ainda que conseguisse, de que serviria? As mãos do menino não teriam força suficiente para girar o botão duas vezes até destravá-la.

Passou um instante interminável. Agora chega, pensei, estou com frio, está para chover, não quero morrer aqui nesta sacadinha que eu odeio, vou arrebentar tudo. E, como não me ocorreu nenhuma contraindicação, passei o balde para a mão direita e golpeei o vidro com aquele pouco de força que ainda me restava. Esperava que ele se reduzisse a milhares de cacos, tentei ficar a certa distância para não me ferir. Mas o balde emitiu o som de uma bolinha de borracha contra um obstáculo e repicou sem fazer nenhum dano. Então perdi a razão e passei a golpes ferozes, um depois do outro, acompanhados de urros que pareciam a mim mesmo feridas na garganta. Como não acontecia nada com o vidro, parei, esgotado, senti dor no pulso, esfreguei-o. Já estava pronto a passar para os pontapés quando me lembrei a tempo de que estava de chinelos, que arrebentaria meus ossos sem fazer um arranhão na porta, e desisti. Como eu tinha me tornado frágil. Se antigamente acreditava em cada gesto meu, se pensava que um só traço de lápis bem concebido seria capaz de partir uma montanha ao meio, agora até os vidros eram demais para mim. Me vi refletido com o balde na mão, as pernas arqueadas, inclinado para a frente, a cara com vincos profundos sob as sobrancelhas, a curva ampla dos zigomas sobre as bochechas secas. Assim, ao vento, esmagado pelo negrume do céu, ferido nos nervos pelo estrondo da rua, enregelado, me achei subitamente cômico. Eis um homem de setenta e cinco anos, molambento, desgrenhado, calças arriando: devia cuidar de um menino, e no entanto é incapaz de cuidar de si. Voltei a pensar na ideia de Mario de puxar o vazio com o balde e tive vontade de rir. Talvez realmente fosse a única maneira de escapar daquela situação: descer o balde uma, duas, mil vezes, anular o abismo, ultrapassar a grade e ir buscar ajuda. Era preciso trabalhar com paciência, com diligência, baldes e baldes de toda a vacuidade que aterrorizara minha mãe e que agora me assombrava. Assim a sacada não seria nada mais do que uma lasca de pedra espremida entre os vidros duplos do apartamento, as vidraças da estação, os vidros dos carros e das casas em frente, encastrada solidamente dentro de um todo bem engendrado. O menino tinha olho. O que ele era, o que se tornaria ao crescer? Eu, quando pequeno, com altivez me sentira o crisol das mais variadas expectativas da minha mãe. Ela se enchia de orgulho quando o professor dizia: este menino é fora do comum, quando crescer fará grandes coisas. Voltava para casa orgulhosa das palavras validadas pela escola. Confiava. Não tínhamos ninguém na família de quem se recordassem grandes feitos. Nem entre os amigos, conhecidos e vizinhos havia algum. Os que faziam grandes coisas eram figuras raras, que ninguém encontrava, com quem não se podia falar, em quem não se podia tocar. Somente eu era fora do comum, como lhe assegurara o professor. E ela contava a meu pai, a qualquer um, o que me deixava muito contente. Eu estava repleto daquela frase até os olhos, e assim estive por toda a vida, ainda que tenha tido um monte de dúvidas. O que eram realmente as grandes coisas? O que as distinguia das pequenas? Onde estava a autoridade que estabelecia se minhas coisas eram grandes ou pequenas? De resto, com o avançar dos anos, a concorrência tinha aumentado muito. Enquanto éramos poucos que aspirávamos a grandes coisas, acreditar em nossa natureza extraordinária tinha sido um ato privado de fé. Sentirmo-nos únicos foi fácil, e dar prova disso, ora, bastava um discreto sucesso, um pouco de presunção, a exibição de alguns sinais de depressão ou loucura que quadravam bem com os lugares-comuns acerca do talento. Todavia, com o tempo, a excepcionalidade transbordara. Quarenta anos atrás os excepcionais, já em grande número, começaram a pressionar as portas estreitas das fábricas de arte e cultura. Até que agora — era o que eu dizia a mim mesmo com frequência, ralhando solitário na minha casa de Milão — a excepcionalidade se tornara um desesperado vozerio de massa pelos infinitos canais de televisão e da internet, uma excelência difusa, mal paga, muitas vezes desempregada. Refletia assim de uns anos para cá, de modo confuso, e esses pensamentos de quando em quando me deprimiam. O que eu realmente tinha sido? Tinha simplesmente feito parte da vanguarda que abrira o caminho à multidão atual de criativos? Tinha sido um dos tantos sem brasão que, há mais de meio século, deram a partida a uma ilusão cada vez mais maciça de grandeza? Pensando bem, eu envelhecera na convicção de que, para eliminar qualquer dúvida, mais cedo ou mais tarde devia acontecer algo formidável capaz de me definir com extrema nitidez. O acidente que eu aguardava desde sempre era uma obra minha, indiscutivelmente grande, que, irrompendo no mundo, provasse que eu não me achava maior do que era. Ora, o evento clarificador havia chegado e, além disso, na cidade das origens. Não se tratava de uma obra, tratava-se daquela ridícula prisão na sacada de minha primeira adolescência. Causada por um pirralho petulante, Mario, que quis brincar de artista com o avô e, por brincadeira, arrancara do meu corpo, num piscar de olhos, a plenitude induzida pelos elogios agora muito distantes de mestres e professores, e por brincadeira me trancara do lado de fora. A verdade, ali, exposto ao vento gelado e à ameaça de chuva, me pareceu afinal evidente. Meu corpo não se esvaziara de energia apenas nos últimos meses, por causa da operação. Meu corpo sempre fora vazio, desde a adolescência, desde a infância, desde o nascimento. Eu me enganara sobre mim, por teimosia me transformara naquilo em que não estava apto a me tornar. É verdade, trabalhei duro e tive sorte também. Aos elogios da infância se associaram uma admiração razoável e um sucesso considerável. Mas não havia saída, eu não tinha virtudes, era vazio. O precipício não se encontrava além da grade, o precipício estava em mim. E isso eu não conseguia suportar. Teria descido o balde dentro da boca para tirar de mim a vacuidade.

Toquei a testa: gotas de chuva. Atirei com raiva o balde além do parapeito, me precipitei para a porta, choquei-me contra ela. Mario, chamei com toda a voz que eu tinha, e para minha surpresa a senti ressoar com tal força que me imobilizei, apurei os ouvidos. As músicas, vozes e versinhos de desenho animado haviam cessado. O menino finalmente devia ter desligado a tevê.

4.

Esperei ansioso. Mario apareceu com uma expressão contente, ainda tinha nos olhos sabe-se lá que personagem dos desenhos.

— Ele — disse rindo — perseguia o outro, vovô, e acabou batendo numa árvore.

Não perguntei quem era *ele*, tinha muito medo de que começasse a explicar.

— Achou engraçado?

— Achei.

— Muito bem. Agora você poderia fazer uma coisa pra mim?

— Claro.

— Pode tentar girar essa maçaneta do mesmo jeito que seu pai faz quando a porta está enguiçada?

— Tenho que pegar uma cadeira.

— Não é preciso, você consegue sem ela.

— Mas pra fazer direito tenho que ter a altura do papai.

Não esperou que eu lhe desse permissão, foi até uma das cadeiras do quarto e a empurrou até a porta-balcão.

— Tenha cuidado.

— Eu sei fazer.

Escalou a cadeira enquanto eu dizia a mim mesmo, tremendo: e se ele cair e se machucar, o que faço? Mas não caiu. Empertigado sobre um pé, agarrou a maçaneta.

— Você precisa girar com força.

— Eu sei.

Com os lábios comprimidos e os olhos atentos, agitou a maçaneta para cima e para baixo e por fim exclamou, entusiasmado: pronto. Empurrei a porta com cuidado. Nada havia acontecido, a porta continuava trancada.

— Muito bem. Quer tentar de novo?

— Já abri.

— Mario, não é uma brincadeira, tente de novo. A porta precisa abrir de verdade.

Evitou meu olhar, cravou o dele no chão.

— Estou com fome.

— Quer fazer o favor de tentar de novo?

— Estou com fome, vovô.

A chuva tinha chegado, eu a senti gelada nas orelhas, no pescoço. Disse:

— Se quiser comer, precisa me deixar entrar em casa. Tente de novo.

Choramingou:

— Eu nem tomei um lanche, vou dizer a mamãe.

— A maçaneta, Mario.

— Não — se enfureceu —, estou com fome. — E sem pestanejar pulou da cadeira, fazendo meu coração subir à garganta.

— Tudo bem? — perguntei.

Ele ficou de pé.

— Na escolinha eu sei pular melhor do que todo mundo.

Quem sabe quantas coisas ele achava que sabia fazer melhor do que todo mundo. E sabe-se lá quanto tempo demoraria para reduzir o número daqueles primados, eliminá-los um a um, até concluir que de fato não brilhava em nada. Falei:

— Tem certeza de que não se machucou? Por que está esfregando o tornozelo?

— Sinto uma dorzinha bem aqui. Vou pegar alguma coisa pra comer, assim passa.

— Mario — chamei, enquanto ele fingia manquitolar e se apressava em sumir de novo —, espere, eu também estou com fome.

— Vou lhe trazer um pouco de pão.

— Não ouse cortar o pão com a faca — gritei quando ele já havia enveredado pelo corredor.

Mas aquela única proibição era suficiente? Quantas coisas eu ainda devia lhe proibir? Preparar uma torrada. Fazer uma omelete. Usar o micro-ondas para descongelar a comida de

Salli. E muito, muito mais. Tinha todo o apartamento à disposição para dar verossimilhança à prédica do homúnculo onisciente. Saverio o adestrara para muitas coisas inadequadas aos seus quatro anos, e ele se protegia com o jogo. Podia se convencer de que sabia tudo só porque brincar lhe permitia esconder suas derrotas. Como era hábil em imitar capacidades, com quanta desenvoltura as atribuía para si. Lembrei os tempos distantes, em que se falava com as crianças no jargão das crianças. Era uma língua louca, mas marcava distâncias: ainda não havia essa onda de impelir os pequenos para dentro da verbalização dos adultos e depois se gabar da sua enorme inteligência. Minha mulher e eu tínhamos sido um dos poucos da nossa geração que jogaram fora palavras do tipo dodói. Betta aos três anos falava como um livro impresso, talvez até mais do que o filho. Tínhamos muito orgulho disso, e a exibíamos interrogando-a como se interroga um papagaio. O resultado? Uma infância superdimensionada, seguida da decepção de nunca ser capaz de dar o que pensava que fosse destinada a dar. Talvez por isso ela dissesse a Mario: vou dar um *tottò* na sua mãozinha.

Para ser sincero, naquele momento eu também teria dado um *tottò* nele de bom grado. Já estava para lançar outro grito ao menino — e enquanto isso protegia os cabelos com a mão: a umidade me entraria pelas orelhas, me daria dor de cabeça, dor de ouvido, dor no pescoço, febre — quando tive a impressão de ouvir a campainha. Esperei, prendendo a respiração. Será que o pessoal do primeiro andar tinha encontrado os brinquedos e a mãe de Attilio decidira fazer uma expedição punitiva? Me concentrei, tentei afastar os barulhos do tráfego. Sim, outro toque inequívoco da campainha. Bati no vidro, Mario, Mario, Mario. Dessa vez o menino chegou correndo:

— A campainha, vovô, é a mamãe.

— Não é a mamãe. Por favor, pode prestar atenção no que lhe digo?

— É a mamãe, vou abrir.

— Você não pode abrir, Mario, me escute: agora você corre para a porta e diz o mais forte que puder, exatamente assim: meu avô ficou preso na sacada, chamem alguém. Repita.

Mario sacudiu a cabeça.

— Eu sei abrir muito bem, é a mamãe.

Falei de novo, me esforçando para manter o tom calmo:

— Mario, lhe garanto que não é a mamãe e que você não vai conseguir abrir por causa da tranca. Vá até a porta e repita o que eu lhe disse agora: meu avô ficou preso na sacada, chamem alguém.

Novos toques nervosíssimos. Mario não resistiu, gritou: estou indo, e saiu.

Fiquei aguardando, a chuva estava cada vez mais forte. Por mais que apurasse os ouvidos, eu pouco escutava por causa do tráfego. Imaginei que o menino tentaria abrir de algum modo. Imaginei que arrastaria uma cadeira até a porta para tentar chegar ao pomo de latão. Era um animal teimoso, duvido que dissesse logo a frase que lhe pedira que dissesse. Mas esperava que, domesticado como era, afinal ele o fizesse só pelo prazer de pronunciá-la. Prestei atenção em cada mínimo som e, apesar de um trovão, pude ouvir outro toque de campainha. Quem quer que estivesse esperando do lado de fora perceberia Mario atrás da porta, com certeza o menino não ficaria em silêncio. Talvez não dissesse exatamente o que eu lhe recomendara, mas com certeza gritaria alguma coisa. Contava com isso, enquanto a ansiedade me devorava. Mais nenhum toque. O pessoal do primeiro andar tinha desistido ou começara um diálogo?

Mario reapareceu no quarto.

— Não era mamãe — disse.

— Quem era?

— Abri e não tinha ninguém.

— Diga a verdade, Mario, você abriu mesmo?

Ele olhava para o chão, estava consternado.

— Vou comer.

— Espere, me responda: você abriu mesmo ou está brincando?

— Estou com muita dor de barriga, vovô, e agora estou com fome de verdade.

— Lembra que você devia dizer: o vovô está na sacada, não pode entrar? Você disse?

— Ufa, não quero mais brincar, estou com fome.

5.

Foi embora, abatido. Em que cilada eu me metera, estava de saco cheio, sobretudo do menino. Por culpa dele eu estava na chuva, que agora era intensa. Virei as costas para o quarto, odiava aquele apartamento, tentei colar o máximo possível as costas no vidro para não me molhar. A água vinha com o vento, rajadas ululantes como nos romances góticos, e as gotas desenhavam em torno de minha sombra estendida na sacada um bordado movediço e cintilante. Não, não havia meio de se abrigar. A chuva me atingiu com força, a calça, os chinelos e o pulôver ficaram ensopados. Cascatas crepitantes caíam da cornija, o céu relampejava sem cessar e trovões intermináveis se seguiam. Da rua imediatamente alagada subiram inúteis concertos de alarmes antifurto. Mas me pareceu que era sobretudo o breu do pátio e da praça que engolia o maior volume d'água. Daquelas trevas se elevava um gélido turbilhão, como se a sacada iluminada fosse uma ponte sob a qual corresse uma torrente voraginosa.

Aquilo me assustou, me virei para o quarto a fim de ver se Mario estava voltando. Teria caído da cadeira enquanto tentava girar o botão da trava e por isso estava de mau humor? Foi à cozinha se esquecendo de mim, todo absorto pela vontade de comer? E o que estaria fazendo na cozinha? E se faltasse luz no bairro, e toda a casa ficasse no escuro, e eu ainda mais sozinho, debaixo da chuva? Agora eu batia os dentes sem controle, tinha impressão de que não sabia mais respirar. Dos cabelos molhados a água me escorria pelos olhos, o pescoço, as orelhas, e o coração me doía de angústia. Começavam a me atormentar as imagens que eu mesmo havia inventado naqueles dias: a velha casa entrava na casa de hoje; os esboços saltavam das folhas formando uma onda de minhas antigas possibilidades e probabilidades; os fantasmas rompiam qualquer barreira — tantos *eus*, abortados ou de vida breve — e se moviam pela casa, me buscando. Que êxito estúpido. Logo me veio a dor no pescoço, na nuca, e um senso de vertigem, a náusea. Com a náusea voltou também o enorme corte de banha estriada, uma asquerosa matéria primordial. Mas dela já não despontavam as carinhas tentando se libertar. Sepultado na banha agora estava Mario, sua figurinha toda recolhida em si e pronta a se derramar para fora, reluzente de gordura. Inútil fechar os olhos, inútil reabri-los, a figura não ia embora. Era aquilo que eu devia desenhar, pensei. O fantasma que eu busco é Mario, sempre o tive à vista desde minha chegada. Sua matéria viva contém em si todo o possível: aquilo que se manifestou através da longa cadeia de cópulas e partos que o precederam, aquilo que se desfez e se perdeu na morte, aquilo que espera há um milhão de anos para se manifestar e agora se torce, se debate, se projeta, exige um presente no futuro, quer ser desenhado, pintado, fotografado, filmado, descarregado, transmitido, narrado, repensado. Que fantasma espantoso era o menino, tão pequeno e tão capaz. Não o suportava, não suportava mais nada. Sentia nas minhas costas as rajadas violentas da chuva. O hálito frio da água — imaginava — devia ter alcançado a pequena sacada, transformando-a numa jangada esplêndida sobre o negror da cidade liquefeita. Até que houve um trovão realmente forte, e toda Nápoles vibrou. Mario irrompeu no quarto correndo, em cada uma das mãos trazia um pedaço de pão, gritou:

— Vovô, estou com medo.

Preciso detê-lo aqui, pensei, preciso mimá-lo, só me resta ele.

— Você não tem do que ter medo — disse, esforçando-me para não tremer de frio —, o trovão é somente barulho, como as buzinas, está ouvindo?

— Você está todo molhado.

— Está chovendo.

— Eu também quero me molhar.

— Assim que você abrir esta porta.

— Vou fazer isso depois de comer o pão.

— Tudo bem.

Trepou de novo numa cadeira dando impulso com o peito e os cotovelos, então se pôs de pé e deu uma mordida ávida num dos pedaços de pão, estendendo-me o outro.

— Este é seu — disse —, coma.

Então o apoiou contra o vidro e eu escancarei a boca, cravei os dentes no ar. Balbuciei:

— Bom, realmente bom, obrigado.

— Por que você está falando assim?

— Porque estou com muito frio. Consegue ouvir o vento, vê como está chovendo?

O menino me olhou com muita atenção.

— Você está mal?

— Um pouco, sou velho. O frio e a chuva podem me deixar doente.

— E morrer?

— Sim.

— Quando vai morrer?

— Em breve.

— Meu pai diz que não é preciso ficar triste quando pessoas malvadas morrem.

— Não sou malvado, sou distraído.

— Ainda que seja distraído, eu, quando você morrer, vou chorar.

— Não, seu pai disse que não é preciso ficar triste.

— Choro do mesmo jeito.

Enquanto isso devorou o pão, mas sem nunca se esquecer de me convidar a comer o meu. Apenas quando terminou, eu me decidi. Disse a ele: Mario, você é um menino extraordinário, por isso tente me entender. Até agora a gente se divertiu. Você fez a brincadeirinha de me prender aqui fora, telefonamos, comemos. Mas agora o jogo acabou. O vovô se sente muito fraco. Estou com tanto frio que preciso me aquecer agora mesmo, caso contrário não morro de brincadeira, mas de verdade. Está vendo como chove, escutou o trovão? É tanta água que desce que já está virando um mar da altura da sacada. Estou com medo. Vejo coisas horríveis, ouço coisas horríveis, tenho vontade de chorar, me tornei menor do que você. Aliás, preciso lhe dizer a verdade: o grande agora é você, só você. É o mais forte, é o melhor, precisa me salvar. Pode comer também minha fatia de pão, assim vai ficar ainda mais forte. E depois tente lembrar como se destrava a porta, você deve repetir cada gesto de seu pai. Você pode fazer, sabe fazer, na sua idade você pode e sabe tudo. Está me escutando, Mario? Compreende o problema em que me meteu? Compreende que, se eu morrer aqui fora, a culpa é sua e você vai ver o que lhe acontece quando sua mãe voltar? Vamos, se mexa, não estamos mais brincando. Concentre-se e gire como se deve essa merda de maçaneta.

Eu tinha começado da maneira correta. Partira com a intenção de fazer uma última tentativa, queria transmitir ao menino a ideia de realidade, de responsabilidade, de máximo compromisso. Mas eu mesmo já havia perdido quase completamente aqueles sentimentos, a voz afetuosa que adotara se fez, à minha revelia, cada vez mais agressiva. Assim, já no final, não aguentei e fui arrastado pelo pânico e também pela fúria. *Está me escutando, Mario? Compreende o problema em que me meteu? Compreende que, se eu morrer aqui fora, a culpa é sua e você vai ver o que lhe acontece quando sua mãe voltar? Vamos, se mexa, não estamos mais brincando. Concentre-se e gire como se deve essa merda de maçaneta.* A partir daquele momento algo se rompeu, veio à tona toda a aversão que eu sentira por ele desde o dia em que cheguei, desde quando me dissera que as ilustrações eram escuras. Gritei em dialeto, dei murros contra o vidro, dessa vez me esquecendo de que podia piorar a situação se me ferisse e o ferisse.

Por que cheguei àquele ponto? Não sei. Com certeza, esmurrando o vidro, o que eu queria era esmurrá-lo, não propriamente aquele menino determinado, de pé sobre a cadeira — não, é claro que não —, mas sobretudo a forma feita de banha que me alucinava, o concentrado de potência indistinta que agora eu via nele, toda a repugnante substância vivente que explode sem trégua nas caras como pústulas, que se torna linguagem, que plasma e replasma a si mesma e cada coisa, que copia e cola sempre se iludindo, sempre desencantada. Quando desferi o último golpe, devia ter o aspecto da mais aterrorizante das sombras ínferas, que viera beber sangue fresco. Mario, que já estava com os olhos cheios de lágrimas, estremeceu, recuou e caiu da cadeira.

6.

O medo pelo que podia ter acontecido ao menino bloqueou de súbito qualquer reação minha. Desisti de arrebentar os vidros duplos com as mãos e fiquei com a direita erguida, açoitado pela chuva. Onde Mario estava? Tinha se machucado? A água me cegava, ouvia apenas seus gritos. Mario, chamei, você se machucou? Não chore, responda. Estava caído no chão, ao lado da cadeira. Jazia de costas, agitava os braços, escoiceava e chorava como choram as crianças desoladas, sem nenhum freio, lançando vagidos de desespero. Era pequeno, estava exposto a tudo. Naqueles dias eu nunca o vira tão indefeso, sem palavras, sem olhares inteligentes. Cada movimento seu estava fora de controle, e as lágrimas não visavam obter algo ou protestar por alguma coisa, eram as lágrimas do desamparo, da queda, um tipo de lágrima que sabe-se lá havia quanto tempo alimentava dentro daqueles *eu sei*, *eu faço*, com os quais buscara a aprovação de um avô incompreensível, que continuamente lhe manifestava inimizade.

— Mario, escute, venha aqui.

— Não — estrilou ainda mais forte, enxotando minha voz com socos frenéticos no ar. Chorou e chorou, fiquei assustado, ele se agitava tanto que parecia tomado por convulsões. Depois, pouco a pouco, arrefeceu: o desespero estava passando. Falei:

— Levante, vamos ver o que houve.

— Não.

— Bateu a cabeça?

— Não.

— Está doendo em algum lugar?

— Está.

— Onde?

— Não sei.

— Venha cá, vou lhe dar um beijinho onde dói.

— Não, eu caí por sua culpa.

— Não fiz de propósito.

— Vou contar a mamãe.

— Tudo bem, mas me deixe dar um beijinho, os beijos curam.

— Beijinho não serve pra nada, é preciso pomada.

— Beijinho serve, sim, vamos apostar?

Levantou todo vermelho, banhado em lágrimas e ranho, os lábios brilhando de saliva, sacudido por soluços agora brandos.

Tive a impressão de que a cada passo ele arrastava atrás de si migalhas do quarto, filamentos esbranquiçados da parede gorda, proteínas e enzimas. Senti que naquele bonequinho vivo também havia — *também* — algo que nos últimos setenta anos me parecera só meu, e que no entanto vinha de muito longe. Tinha viajado de um segmento de carne-ossos-nervos-tempo a outro segmento de composição semelhante, entre rupturas ferozes e ignições, desaparecendo, reaparecendo. Quem sabe quantos, maravilhados de si, haviam traçado sinais ambiciosos na água ou na poeira, e de noite haviam unido clarões de estrelas, esboçado agitadas aventuras ao longo das linhas casuais dos rochedos, subindo pelas rugosidades das cortiças ou mesmo chorando as cartas do baralho com a ponta dos dedos que plasmavam a sorte, boa ou má que fosse. Os fantasmas fazem ninho no futuro. Agora Mario, seu geniozinho invencível, apalpava o joelho direito de modo insistente, exibindo o estrago que eu lhe causara. Aproximou o joelho do vidro, eu me inclinei para beijá-lo e, como ainda não estava na mesma altura da perninha machucada, ajoelhei na água, me curvei, beijei a porta-balcão molhando os lábios com a chuva gélida que escorria em filetes.

— Como está? — perguntei.

— Um pouco melhor.

— Viu que o beijinho funciona?

— Vi.

— Quem é o netinho do vovô?

— Eu.

— Mexa a perna, me deixe ver se está doendo.

Mexeu com entusiasmo.

— Não sinto mais dor.

— Então se sente que vou lhe contar uma fábula.

— Não, você está tremendo de frio. Vou lhe dar um beijinho pra você ficar bom.

Beijou o vidro.

— Está se sentindo melhor?

— Muito melhor.

— Agora vou buscar a chave de fenda para abrir a porta.

Tive medo de que fosse embora de novo, falei com voz realmente suplicante:

— Fique aqui, me faça companhia.

— Volto logo.

— Por favor, não faça coisas perigosas. Venha, vamos jogar com seus brinquedos, vovô não quer ficar sozinho.

Impossível, ele vibrava, não houve jeito de contê-lo. Já tinha voltado ao mundo que mais lhe agradava, onde tudo dava certo. Tentei achar forças para me pôr de pé. A chuva estava ficando fina, logo cessaria. A que estado me reduzira: encharcado da cabeça aos chinelos, exposto ao vento que ainda soprava forte. O desastre agora me pareceu tão excessivo que me agradou. Acontecera alguma coisa nos últimos minutos que estava chegando ao meu cérebro somente agora e que, para minha surpresa, começava a me aquietar. Eu devia ter atravessado uma fronteira sem me dar conta e agora já não conseguia me preocupar comigo. A vida, toda a minha vida, deslizara para o lado, às minhas costas, sem lamento. Não ilustraria James, era demais para minhas capacidades; de todo modo, não tinha mais energia para tentar de novo. O que eu sabia era limitado, inútil tentar obter mais. Já o desenho de Mario, esse sim, era *mais*. Belo traço, quem sabe se um dia daria frutos. De resto, que obsessão por esse dar frutos. Eu atribuíra importância demais a isso, desde a adolescência, e no entanto — agora estava claro para mim — era apenas traçar linhas, colorir, no fim das contas um ócio prazeroso. Teria sido capaz de me empenhar em coisas mais verdadeiras, a princípio tivera o impulso para tanto: mudar, ajustar, atenuar e ensinar a mudar, ajustar, atenuar. Entretanto joguei até a velhice para enganar o tempo. Quis manter à distância o horror que se espalhava pela casa, pelas ruas, pela face da terra, infiltrando-se em tudo o que, ao redor, parecia sereno, devoto, sacro e, ao contrário, se esticava, se rompia, se estilhaçava sofrendo. Ainda bem que Mario já estava voltando. Anunciou-se do corredor com um grito metálico e então apareceu empurrando pelo quarto, até a porta-balcão, uma caixa de ferro. Estava roxo de tanto esforço, com certeza tinha mais uma vez corrido o risco de se machucar só para trazer até aqui aquele objeto pesado. Disse-lhe que não era preciso trazer toda a caixa de ferramentas, que, se o que ele queria era a chave de fenda, bastava pegar apenas ela. Papai faz assim, respondeu, e se sentou no chão, abriu a caixa com habilidade e tirou uma chave de fenda com cabo amarelo.

— Não suba na cadeira — recomendei.

— Não vou subir, preciso enfiar a chave de fenda num buraquinho aqui embaixo.

— Tudo bem, brinque, mas não arranhe a porta, que é nova.

— Não estou brincando, vovô, estou fazendo a sério.

— Fico feliz por você. É bonito brincar a sério.

Permaneceu sentado no chão, se arrastou de bunda até a porta. Eu, de pé, fiquei de olho nele, mas só para aderir a algo claro e seguro. Na verdade, um pouco pela posição, um pouco pelas lentes molhadas, um pouco pela porta-balcão meio embaçada pelo vapor, um pouco porque sentia que as forças estavam definitivamente me abandonando, eu não enxergava nada e apenas esperava, mas sem ansiedade, que Mario não se ferisse com a chave de fenda.

— Você disse abracadabra?

— Papai não diz.

— Com o abracadabra é mais fácil.

— Abracadabra.

— E aí?

Abandonou a ferramenta no chão, ficou de pé e disse, sério:

— Pronto.

— Muito bem — murmurei, e me ocorreu que vivemos durante a vida inteira como se nosso contínuo mensurar e nos medir remetesse a uma verdade incontestável; depois, na velhice, nos damos conta de que se trata apenas de convenções, todas substituíveis a cada momento por outras convenções, e que o essencial é confiar naquelas que nos parecem em cada circunstância mais seguras. Meu neto se pôs de pé, tinha um ar muito satisfeito. Pôs a chave de fenda de volta na caixa de ferramentas, seguindo como sempre as prescrições de Saverio e as regras contra a desordem fixadas por sua mãe. Depois veio até mim. Baixou a maçaneta com ambas as mãos e a porta-balcão se abriu.

7.

Entrei em casa e fechei imediatamente a porta atrás de mim, temendo que a sacada me sequestrasse de novo. Festejei com o menino, mas sem tocá-lo, eu estava muito molhado. Você sabe fazer tudo, lhe disse, quanta coisa tem aí dentro, você é maravilhoso. Logo em seguida abri a ducha, tirei as roupas ensopadas e entrei de meias e cueca debaixo do jato escaldante. Mario achou aquilo o máximo, quis fazer o mesmo, e eu permiti.

— Também vou ficar de meias e cueca.

— Tudo bem.

Com o calor, de algum lugar recuperaram forças a alma, o espírito, o sopro vital, as reações eletroquímicas, o que se quiser: de todo modo, nada de comparável com o que explodiu em gritos agudos e risadas do corpo do menino durante todo o tempo que dançamos sob a água, por todo o tempo que passamos dentro dos roupões, eu agarrado ao aquecedor do banheiro, ele lutando para esquivar a cabeça do jato do secador de cabelo.

— Você está me queimando.

— Que nada.

— Você não sabe fazer, não se enxuga o cabelo assim.

— É verdade, o vovô é um velho bobo, mas agora já foi, terminamos.

Descongelamos a última refeição preparada por Salli, comemos, vestimos o pijama e vimos desenhos animados até o menino capotar. Instalei-o na cama e também já ia me deitar — estava muito cansado, minhas pálpebras caíam —, mas antes quis carregar o celular e o telefone sem fio, e depois fui ver se de fato a porta-balcão tinha no fundo um pequeno furo miraculoso. Não o encontrei, mas a verdade é que minha vista deixava muito a desejar. Dormi assim que encostei a cabeça no travesseiro.

No dia seguinte Salli nos acordou. Vovô dorminhoco e netinho dorminhoco, disse, erguendo a persiana. Então mostrou ao menino, ainda muito sonolento, dois bonecos e um carrinho: queria saber por que os havia deixado no patamar. Então passou a mim, com voz bem alta: nunca vi tanta bagunça nesta casa, o que vocês fizeram, brincaram com água? Eu não disse nada, limitei-me a pedir: pode se retirar, por favor? Já o menino gritou: ainda quero dormir, não toque nos meus brinquedos.

Salli nos preparou o café da manhã, descobrimos que ela estava de ótimo humor, acabara de ficar noiva de um garçom de Scafati. Contou que o garçom era tímido, era três anos mais velho que ela, viúvo com quatro filhos adultos. Tinha tirado folga porque ele estava se demorando a manifestar seu amor, e ela decidiu dar um empurrãozinho. Me perguntou:

— Você tem namorada, vovô?

— Não.

— Eu tenho muitas — disse Mario, mas se dirigindo a mim.

— Não tenho dúvida — respondi —, já o vovô sempre teve dificuldade com namoradas.

— Se quiser, lhe dou uma das minhas — propôs o menino.

— Eu queria ficar noiva de Mario — interveio Salli —, mas ele não gosta de mim e me deu um fora.

— Você é velha — disse o menino.

— O vovô também é velho.

— O vovô, não.

Durante todo o tempo que passei fazendo a barba, Mario quis ficar ao meu lado. A certa altura, me falou:

— Talvez papai e mamãe se divorciem.

Fiquei contente de que tivesse decidido me fazer aquela confidência.

— Você sabe o que significa divórcio?

— Sei.

— Não acredito, me explique.

— Que vão me deixar.

— Está vendo como não sabe? São eles que se deixam, mas sem deixar você.

Calou-se, embaraçado, e então disse:

— Se eles se divorciarem, posso ir para sua casa?

— Todo o tempo que quiser.

Pareceu-me aliviado, perguntou:

— Vai trabalhar hoje?

— Não, não vou mais trabalhar.

— De verdade?

— De verdade.

— Papai diz que quem não trabalha não come.

— Seu pai sempre tem razão, não vou comer.

— Se não vai trabalhar, vamos brincar?

— Não, hoje tem sol, vamos passear.

— Mas eu não quero andar.

— Nem eu. Vamos de metrô.

Ficou contentíssimo, para ele — descobri — o metrô era uma espécie de Disneylândia. O que ele mais gostava era das escadas rolantes da piazza Garibaldi, mas não se contentou só com aquela, queria visitar todas as estações. Vamos descer, olhamos um pouco e depois subimos — programou —, com papai às vezes fazemos assim. Concordei, e paramos sobretudo na estação de Toledo. Subimos e descemos pelas escadas rolantes, ele quis me mostrar os efeitos de cor e luz nas paredes. Me explicou: aquele é o sol, vovô, aqui está o mar, e aqui se vê San Gennaro e o Vesúvio. A manhã voou, o dia voou. À noite Betta telefonou. Parecia contente, no momento não entendi por quê. Depois fiquei sabendo que ela estava orgulhosa de Saverio, sua conferência tinha sido muito apreciada, no congresso agora só se falava disso. E o resto, perguntei. Respondeu: tudo ótimo, e quis dar boa-noite ao filho. Passei o sem fio ao menino, mas fiquei prestando atenção. Mario contou em detalhes à mãe nossa exploração no metrô, informou sobre o noivado de Salli, em nenhum momento mencionou a sacada.

Aliás, durante todo aquele dia nenhum de nós falou sobre a sacada. A certa altura, como eu estava espirrando e tossindo — era o início de um forte resfriado —, indagou com um tom preocupado: você se descobriu esta noite, vovô? Nada mais. Talvez aquela história não tenha tido nenhum efeito sobre ele. Ou, mais provavelmente, no seu armazém de fórmulas adultas a ser ostentadas no momento certo não tenha encontrado nenhuma adequada sobre a sacada, e por isso mesmo a manteria excluída das palavras por quem sabe quanto tempo. De noite — limitou-se a sublinhar —, se alguém se descobre, fica resfriado.

8.

No dia seguinte os pais voltaram, chegaram em casa por volta das três da tarde. Notei que, mesmo tendo veneração pelo pai, Mario se lançou imediatamente nos braços da mãe. Ela o carregou e ficaram trocando muitos beijinhos.

— Está contente por eu ter voltado?

— Estou.

— Como foi com o vovô?

— Ótimo.

— Você o deixou trabalhar?

— Ele não trabalha mais.

A notícia não perturbou nem um pouco minha filha, que reagiu dizendo: não trabalha mais porque você é insuportável, vai saber quanto o azucrinou. E riu, sempre teve dentes lindos, como os de Ada. Aquele brilho iluminou seu rosto, o corpo inteiro, e me revelou que ela estava mudada, era como se tivesse acabado de acordar de uma noite cheia de sonhos felizes, que pareciam verdadeiros. Venha para a mamãe, disse ao menino, e não se separaram durante toda a tarde. Eu passei o tempo com Saverio, ainda que aquele homem me entediasse, mas não havia o que fazer. Fiquei sabendo, disse-lhe, que você fez muito sucesso em Cagliari. Ele fez um aceno de concordância com falsa modéstia, mas não conseguiu se conter por muito tempo e, mesmo sabendo que eu não entendia nada de matemática, me explicou ponto por ponto todas as novidades de sua conferência. Senti que as poucas energias que eu tinha estavam me abandonando, espirrei com frequência, tossi. Você é ótimo na sua área, disse só para interrompê-lo. Respondeu com seu modo cerimonioso: você é bem melhor na sua. Me esquivei e, como não sabia mais o que dizer, perguntei dele e de Betta.

Foi um erro, ele ficou vermelho, de um vermelho tão evidente que tentei desviar o olhar para não deixá-lo constrangido. Acabei fazendo e dizendo bobagens, admitiu com esforço, e falou com o fôlego curto, ora gesticulando, ora cruzando as mãos como se não quisesse mais liberá-las. Me fez uma lista das suas obsessões, os pesadelos que tinha de olhos abertos. E me pediu desculpas, quis que o perdoasse pelo que falara da minha filha.

— Tudo loucura — murmurou com olhos brilhantes —, ela me ama, sempre me amou, e eu retribuo a atormentando.

Seu arrependimento era sincero, fiquei satisfeito que fizesse parte do genoma de meu neto, e disse isso a ele com evidente ironia. Mas Saverio ouviu e levou a sério, me agradeceu, passou a deblaterar contra a análise que fizera por anos sem que suas terríveis fantasias desaparecessem.

— O que eu devo fazer? — me perguntou.

— De tudo — balbuciei —, um pouco de remédios, um pouco de sociologia, um pouco de psicologia, um pouco de religião, um pouco de rebeliões e revoluções, um pouco de arte, até uma dieta vegetariana, um curso de inglês, um de astronomia. Depende das estações.

— Que estações?

— As estações da vida.

Ele sacudiu a cabeça, parecia querer arrancá-la do pescoço.

— Você está brincando, mas eu tenho um problema, o ciúme é um gene que me faz ver o que não existe.

Tive vontade de rir, confessei que comigo a coisa tinha sido diferente:

— Esse gene eu não tenho, e me aconteceu de não ver o que de fato havia. Mas agora que estou vendo melhor, descubro em toda parte grandes blocos de toucinho estriado de carne magra.

— É um quadro novo que pretende fazer?

— Não, é a realidade.

— Você é engraçado, já eu não consigo divertir as pessoas.

— Nem eu, mas hoje estou de bom humor e me saindo um pouco melhor.

— Terminou suas ilustrações?

— Não.

— Porque é um perfeccionista. Sempre pensei que nos parecemos um pouco, talvez por isso sua filha tenha gostado de mim.

— Você acha?

— Claro. Eu, com uma equação, consigo levar as pessoas aonde elas nunca podem chegar, e você faz o mesmo com uma pincelada.

Nunca levei ninguém a lugar nenhum, mas não quis decepcioná-lo. Conversamos durante um longo tempo com uma facilidade inesperada, até que Mario apareceu. Apoiou-se numa perna do pai, que lhe perguntou:

— O que você fez de bom com o vovô?

Mario se contorceu em caretas, olhando para cima, para baixo — fingindo que estava pensando —, depois me apontou, todo alegre:

— Ele foi para a sacada e nós brincamos.

— Com este frio?

— Era o vovô que estava na sacada, não eu.

— Ah, sim. E vocês se divertiram?

— Demais.

Betta também apareceu. Parecia que nada era capaz de perturbá-la, nem eu, nem o marido, nem o filho. Deve ter passado por poucas e boas nos últimos meses, mas agora estava pronta para defender seu bem-estar com unhas, dentes e mentiras. Trazia uma folha na mão, o desenho de Mario que tanto me impressionara.

— Papai — disse irônica —, o que é isso, uma nova via, uma nova juventude? É bonito.

Nunca havia desperdiçado palavras elogiosas com as coisas que eu fazia, ao contrário — recordei —, durante a adolescência sempre fora muito crítica, quase ofensiva, mas a partir dos vinte anos se limitou a uma condescendência de filha que já aceitara a fatuidade do pai.

— Foi meu neto quem fez — disse com orgulho.

Mas Mario gritou quase ao mesmo tempo:

— Eu copiei do vovô.

Apêndice

O jogador alegre

Apontamentos e esboços de Daniele Mallarico
(1940-2016), criados para a novela *Assombrações*

5 de setembro. A certo ponto nos inclinamos sobre a escuridão. Vieram até o quarto, me levaram ao subsolo. As paredes eram esverdeadas, o piso, nebuloso, e os cantos tinham a cor da terra de Siena queimada. Gostaria de ter pintado o ar parado, a luz artificial da sala de cirurgia, mas não naquele momento, não a partir do real. Estava com a cabeça concentrada nos médicos, na freira indiana, e torcia para que se decidissem logo a cortar minha barriga: assim eu poderia voltar para casa igualmente mais cedo. A freira me fez sentar na beirada, em pé à minha frente, segurando-me os pulsos. Alguém se agitou atrás de mim. Por um longo minuto amei muito aquela mulher pequena, amei com tal intensidade que não consigo me esquecer dela. Nesse meio-tempo chegou uma onda comprida de esgotamento, e aproveitei para apoiar a testa entre seu ombro e o pescoço. Ali havia uma treva serena, dentro da qual ela me ajudou a me deitar. Vi as barras negras de pontas muito longas e aguçadas que impedem o acesso ao prédio de esquina onde eu moro.

27 de setembro. Parece que o corpo não tem nenhuma intenção de recuperar as forças, e estou cansado de passar o tempo entorpecido na frente da tevê. Para minha sorte, anteontem um jovem editor — no máximo trinta anos e tão cheio de vida que chega a parecer ofensivo em cada gesto ou tom de voz — me propôs ilustrar uma edição, segundo ele bastante luxuosa, de um conto de Henry James. Tergiversei, porque o pouco que sei de

James é suficiente para deduzir que se trata de um autor difícil de ilustrar. Mas ele tentou me convencer, insistindo sobretudo no pagamento, aliás, exclamando pelo menos duas vezes com uma vulgaridade muito satisfeita: o senhor me diga que aceita, e vou cobri-lo de ouro. Com efeito, quando chegamos ao preto no branco, descobri que o ouro era bem escasso, nada comparável ao que costumavam me pagar cinco ou seis anos atrás por trabalhos mais ou menos equivalentes. Mas qual o sentido de bater o pé por causa de mil euros a mais ou a menos, neste período estou precisando não de dinheiro, mas de me sentir ativo. Por isso nos encontramos para um almoço na avenida Genova, fingimos que nos tornamos amigos e fechamos nosso contrato. A partir de hoje tenho algo com que ocupar a cabeça e que me dá prazer. O conto que preciso ilustrar se chama "The Jolly Corner".

29 de setembro. Estou lendo, mas me distraio com muita facilidade. Lembrei-me da noite em que meu pai, numa saleta do andar superior de um bar que ficava nas bandas do Carmine, perdeu nas cartas todo o salário que recebera naquela manhã. Comprido e magro como era, deixou com movimentos lentos a mesa onde jogara por horas, meteu no bolso os cigarros *nazionali* e os fósforos, despediu-se de quem o depenara com uma meia palavra amargurada e abandonou a sala. Para voltar à rua era preciso descer por uma escada de madeira. Meu pai só conseguiu fazer dois degraus, depois desmaiou e rolou até acabar com a cara no chão, arrebentando os incisivos contra as lajes do pavimento.

4 de outubro. Só entendi a relação que havia entre meu pai e Henry James quando terminei a leitura. Algo do texto se soldou à palavra *jolly*, que faz parte do título, e me fez vir à mente as cartas de baralho. Spencer Brydon, o protagonista do conto, segue os passos de um fantasma que é seu alter ego nova-iorquino. A princípio o faz com certo prazer, como se se tratasse de um

152

esporte, uma caçada, uma partida de xadrez, um jogo que oscila entre o esconde-esconde e o de gato e rato. Depois ele leva um susto enorme e a história termina, simplesmente isso. Porém, enquanto ia lendo, senti que havia alguma coisa que eu conhecia e pensei na excitação do meu pai quando, inteiramente tomado, até com a respiração, esperava atrair para si as cartas que lhe permitiriam vencer. Estava doente de jogo, e se, como Brydon, tivesse tido a fantasia de caçar um espectro, este seria não um tipo sombrio que nem ele, mas um senhor alegre e afortunado que, de tanto jogar, se tornara um milionário. Talvez seja por causa dessa sugestão que agora eu esteja me interessando pelos *jolly* nos jogos em que ele pode substituir qualquer carta. Também dei uma olhada na internet sobre sua história e aprendi que, mesmo tendo a ver com o louco dos tarôs ou com certas figurinhas de demônios chineses e japoneses, é de fato uma invenção americana que remonta ao século XIX. Quando em 1906 James, aos sessenta e três anos, escreveu "The Jolly Corner", *the jolly joker*, o jogador alegre, o coringa, era uma carta bastante jovem.

10 de outubro. Exagero, não exagero? Talvez sim, mesmo sendo verdade que esteja me esforçando para me recuperar. Vivo como se uma parte de mim — talvez eu inteiro, ou de todo modo a parte mais acabada, o eu mais rico em detalhes — tivesse um compromisso importante e precisasse sair de casa o mais rápido possível, enquanto a outra parte — ou meu corpo inteiro, mas reduzido a uma linha sutil, um puro contorno que me persegue a pouco mais de um metro de distância —, para me deter, alongasse a mão lábil sem tendões, sem veias, sem sequer as unhas, e dissesse com a boca apenas esboçada: psiu, psiu.

15 de outubro. Títulos para uma prancha que reproduza a fachada do edifício. *A esquina louca. A esquina jolly. A esquina do possível.* Estou relendo o conto. No início eu estava perplexo, mas agora me parece uma boa ideia misturar o que James sabe, o que eu aprendo ao ler, o que mais ou menos arbitrariamente *vejo* ao isolar frases ou palavras. Para minha desgraça, vou ter de ir para a casa de Betta, em novembro, mas espero ter terminado o trabalho antes de viajar. Enquanto isso, fui atrás de umas imagens do *jolly* e gostaria de desenhar uma carta com a cara do meu pai. A casa de Nápoles guarda em algum lugar seu espectro, o da minha mãe, o da minha avó e talvez — pelo menos para minha filha — o meu. Investigação das sombras.

24 de outubro. A primeira coisa que indica o declínio é o telefone, que toca cada vez menos. Depois, aos poucos, também diminui a correspondência em papel, a eletrônica. Frequentemente penso: ainda bem que não estou no Facebook ou no Twitter, os sinais seriam ainda mais evidentes. Por outro lado, não fazer uso das redes sociais é também um sinal de como fui parar fora do tempo. Certo, os trabalhos vão continuar chegando até mim, mas a conta-gotas, sem o empilhamento caótico de antigamente. Digo a mim mesmo que mal me procuram porque me faço de difícil. Mas não é assim. A verdade é que muitos daqueles que apreciaram minhas capacidades ou estão velhos como eu, ou morreram, ou são cartas fora do baralho. Então é normal que o celular vibre muito pouco, e eu passe meus dias basicamente fechado em casa, lendo e relendo

James. Digo a mim mesmo que entender o texto a fundo é o primeiro passo para trabalhar como se deve. Mas me distraio a todo momento, que me importam Brydon e Alice Staverton, a amiga dele. Sei perfeitamente que viro as páginas, assinalo palavras ou frases, volto atrás, releio, somente para afastar o momento em que terei de dizer: acabei, e agora?

Acordo cada vez mais — como dizer — assustado. Talvez seja culpa do telejornal que costumo ver antes de ir para a cama. Mas já vivi tempos pelo menos tão ruins quanto os de hoje e nunca me aconteceu de abrir os olhos de manhã e ter medo sem saber por quê. Algo em mim se deteriorou. Talvez esteja se exaurindo a certeza de saber reagir a qualquer acontecimento. Tenho um corpo assombrado pela sua própria escassez de reatividade.

29 de outubro. O conto de James me deixa nervoso. Comecei cheio de ideias e agora todas me parecem inadequadas. Enquanto isso, o tempo cola como um corpo gasto. O médico diz que está tudo em ordem e que eu arrasto de propósito a convalescença. Falso. Antigamente eu gostava desses psicossomatismos, agora eles me parecem insuportáveis. A realidade é que não me sinto bem. Também da minha mulher, no início, o médico dizia que ela não tinha nada, que o mal-estar era culpa do estresse, que se tirássemos umas férias prolongadas ela recobraria a saúde. Alugamos no verão uma casa nas montanhas, mas Betta, que na época era uma mocinha, se queixou o tempo todo, e Ada se deprimiu ainda mais do que na cidade. Um dia ela disse que ia fazer um passeio e não quis levar a filha, que de resto era hostil a qualquer tipo de lazer na nossa companhia. Eu me pus a trabalhar e só me dei conta de que ela ainda não havia voltado quando começou a cair um aguaceiro. Procurei-a inutilmente pelo bosque atrás da casa, me encharquei, me enlameei, voltei quando já estava escuro. Vi a luz acesa na garagem e fui dar uma olhada.

Ada estava ali, lendo, não tinha dado nenhum passeio. Era já por natureza uma mulher opaca, para mim era árduo compreender seus pensamentos e decifrar seus sentimentos. Quando adoeceu, tornou-se sombria, e só então percebi que nunca me contara nada que fosse intimamente seu. Fingia não ter uma vida interior.

30 de outubro. O editor quer ver algumas ilustrações. Só para entender, disse. Mas não sei o que ele poderá entender de fato. Seja como for, preciso trabalhar firme. Estou interessado no gelo da adolescência de Spencer Brydon, que parece ter sido insatisfatória. Também me pode ser útil a ideia de que ele sinta num cantinho inexplorado na cabeça e, no organismo, certas virtudes muito comuns que, no entanto, estão há tempos adormecidas. Muito de mim também adormeceu, e justamente desde a adolescência. Eu era pouco mais do que um rapaz, mas já casado com Ada, quando disse a uma amiga, num ataque descontrolado de vaidade, que me bastava um lápis para escapar de tudo, de Nápoles, da nossa amizade, do casamento, do amor, do meu próprio sexo, da Itália, do planeta.

Um anel de prata tilinta soando o alarme.

3 de novembro. Ao trabalho. Como se desenham os sons? James recorre a similitudes. Um tilintar *como* de um sino distante. A casa *se assemelha* a uma grande taça, toda de um precioso cristal côncavo, que murmura graças a um dedo úmido passado em torno da borda. Mais fácil a ponta de aço do bastão de Brydon contra o mármore do pavimento.

12 de novembro. Vibrações das profundezas, vibrações fora do comum. Um estupor específico, desconexo. E um frêmito, um fluxo de sangue que se torna rubor. A história do fantasma está toda aqui, acho. Somente graças à tremenda força da analogia as vibrações, o estupor, o frêmito e o fluxo se tornam algo como o ocupante inesperado da segunda casa nova-iorquina de Brydon. Enfim, a ponte que leva ao espectro é aquele *como*. Basta fazê-la explodir e as emoções comprimidas de Spencer, em vez de uma figura retórica, produzem uma figura inquietante que circula pela grande casa vazia. Trabalharia bem, talvez, se conseguisse fazer a mesma coisa usando um pastel, um carvão: transmutar a fluida, fremente, estupefata vibração do corpo em *algo*, uma presença. Mas não articulo nada, ainda sangro, preciso refazer a hemocromometria. Vou ligar para Betta e dizer que não tenho forças suficientes para ficar com o menino. Com certeza vai ficar chateada, mas ela precisa entender: não pode simplesmente ligar e dizer *venha* sem se importar com nada, com meu trabalho, com meu estado de saúde. Nunca pedi ajuda a ninguém, nem mesmo a ela. E ainda que tivesse pedido, duvido que achasse tempo para cuidar de mim. Lembro o telefonema que me deu quando soube da operação.

— Por que você não me disse nada?

— Era uma bobagem.

— Você foi sozinho?

— Antes só do que mal acompanhado.

— Mamãe ficaria muito chateada.

— Faz tempo que mamãe tem o privilégio de não poder se chatear mais.

— Que frase estúpida.

— É verdade.

— Quanto tempo você ficou no hospital?

— Uma semana.

— Está tudo bem?

— Perdi um pouco de sangue.

— Você é maluco, papai, devia ter me ligado. Vou buscá-lo de carro e trazê-lo pra cá.

Grosso modo, foi assim. Naturalmente ela nunca veio, nem nunca me levou para a casa dela. Ligou umas outras vezes, isso sim, mas apressada, às sete da manhã, antes de sair para o trabalho.

— Como vai, papai?

— Bem.

— Ainda está de cama?

— Estou.

— Não vai se levantar hoje?

— Daqui a pouco.

— Dormiu?

— Tive sonhos ruins.

— Sonhou o quê?

— Não me lembro.

— E por que disse que eram sonhos ruins?

Eu assumia o tom de quem estava brincando. Explicava que, naquele período, para mim era uma sorte sonhar com coisas horríveis, me ajudava no trabalho. Então acrescentava: estou de cama, mas com a cabeça cheia de ideias, acordei às quatro.

18 de novembro. É ridículo dizer isso, mas por fim tentei a sério desenhar vibrações, duas pranchas cor de ferrugem em que o corpo de Brydon treme e freme até que, de uma orelha, concebe um demoniozinho semelhante ao *joker* que vi num velho baralho americano. Não acho que o editor vá gostar, mas não tinha tempo de fazer e refazer, tive de partir para Nápoles. Uma viagem péssima. Em Bolonha entrou no trem um jovem negro muito bem-vestido que, a partir daquele momento, não fez outra coisa a não ser gritar ao telefone numa língua desconhecida. Um sujeito que cochilava na minha frente acordou sobressaltado e lhe falou num tom grosseiro, tratando-o sem respeito: abaixe a voz, por que você precisa berrar assim, eu acordei às cinco. O jovem interrompeu imediatamente o telefonema e passou a gritar para o homem sonolento, dessa vez num napolitano de grande violência, cheio de insultos muito bem pronunciados. Silêncio e olhos baixos de todos os outros passageiros. Imaginei que odiassem e temessem o jovem mal-educado tanto porque era negro quanto porque era napolitano. Fiquei esperando o momento em que os dois começariam a se esmurrar. Dava por certo que aquele instante chegaria, mas não aconteceu. Em vez disso houve um bate-boca extenuante, depois o branco adormeceu e o negro não fez outras chamadas, nem na sua língua nem em napolitano. Se tivesse sido preciso intervir para evitar que se trucidassem, de onde eu teria tirado forças? E com que espírito me meteria na briga? Em defesa da negritude? Com um racismo mal disfarçado? Contra a má educação, não importa a cor da pele? Recorrendo a um dialeto igualmente feroz? Suei e senti frio durante toda a viagem; ao chegar, estava de mau humor. Na casa de Betta os aquecedores estão sempre mornos. Meio século atrás não havia nenhum. As esquadrias fechavam mal, as correntes de ar eram cortantes, no inverno se morria de frio. Contudo não me lembro desse gelo insuportável, é um frio novo, feito em parte de cansaço, em parte de doença, em parte de desgosto, em parte de velhice. O menino me pareceu metido que nem meu genro. Gosta daquilo que definiu como cores claras. Mas não acho que minhas antigas ilustrações de fábulas sejam escuras. Talvez mal impressas, mas escuras, não. Saverio e Betta devem ter falado mal de minhas pinturas entre si, e Mario escutou. As crianças recolhem com atenção minuciosa as palavras que caem da boca dos pais.

Mario tem a cara do Joker.

Durante toda a vida busquei bons motivos para a quantidade exagerada de tempo que dedicava às minhas coisas artísticas. No início, queria ir embora de Nápoles para me impor ao mundo. Depois pensei que, do mundo, eu devia representar os horrores, de modo que gerasse a vontade de revolucioná-lo. Por fim, me empenhei em dissolver cânones, estabelecer novos, experimentar, teorizar, proclamar alguma coisa contra outra coisa. Era fascinado pelas grandes questões, temia que sem elas minha pequenez ficasse a descoberto. Ada nunca acreditou no meu engajamento, ou talvez tenha acreditado só no início. Logo pensou que não havia nada capaz de me envolver a sério, que eu só cuidava de me proteger, que desviava da vida por medo de que meu organismo não a suportasse e se machucasse. Sua única grande questão — me disse uma vez — é a necessidade de sempre virar a cabeça para o outro lado: você *não é* distraído, você *faz de tudo* para ser distraído.

Na minha distração, ela deve ter visto aquilo que Alice Staverton, a boa amiga de Brydon, chama de *o negro estranho*. Não um *nigger*, não creio. Nem sequer alguém como o jovem napolitano de pele escura com quem topei hoje. Mas um tenebroso eu mesmo que a assustou, alguém que ficava no escuro por temer a luz, um estranho jamais aceito, mal-educado por natureza, ofensivo sem sequer perceber. Quem sabe por isso se dirigiu a outros que lhe pareciam menos negros, e lhe davam a entender que jamais iriam descuidar dela. Alice, não. Alice recebe no colo a cabeça desolada do seu amigo Brydon, acolhe tudo o que ele é. Desenhá-la — agora vou tentar — enquanto está debruçada sobre Spencer e o eu, o tu, o ele se confundem num único rosto horrívelagradável, que ela bebe pelos olhos sem muitas sutilezas. Quanto a mim, pelo que recordo, ninguém jamais me concedera tanta misericórdia, talvez sejam coisas que só ocorrem no mundo dos signos. Não se pode ser amado de verdade.

Somente agora, na velhice, me parece compartilhável um conceito que na realidade sempre detestei, isto é, que a força da beleza está em não ter motivações, nem mesmo — escreve James — o fantasma de uma motivação. Mas agora é tarde demais, a cabeça é aquilo que é. Disse a meu genro, só para puxar conversa: nunca fiz um quadro sem antes buscar uma grande razão para começar o trabalho. E ele, gentil: é justo, mas, se os quadros são pequenos, as grandes motivações não os tornam grandes. É um homem assim mesmo, sua agressividade se manifesta com polidez. Certa vez — tinha passado por Milão —, fiz uma súbita confidência a ele: acho que já fiz tudo o que podia fazer, talvez seja o momento de parar. Saverio imediatamente concordou: sim, é verdade, a certa idade é preciso parar. Fiquei mal, acrescentei: de todo modo, o que eu fiz já importa, e espero que importe ainda mais no futuro. Ele rebateu: é claro, você não é um Fontana, não é um Burri, mas sim. Estive a ponto de rebater: o que você está dizendo, você não sabe do que está falando, o que isso tem a ver com Fontana, com Burri. Mas fingi que não houve nada. Eu havia aspirado a algo bem diferente de Burri ou Fontana, ainda que ninguém suspeitasse, menos ainda Saverio. A ambição desmesurada se mantém em surdina, tem vergonha de si. Mas em segredo as hierarquias fixadas pelo mundo lhe parecem duvidosas, sua pretensão é tamanha que não sabe se sujeitar a nenhum modelo, a nenhuma afinidade, aliás, até aquilo que admira, o admira apenas para superá-lo. Sim, sim, o fracasso é um ornamento essencial às verdadeiras e grandes ambições. Só se fracassa em função da grandeza, não das pequenas metas.

A casa é uma grande casca seca, os cômodos estão vazios. O vacante neste conto é absoluto. Quando a *coisa* caçada por Brydon passa de fato mental a presença, a imagem física disposta num espaço fisicamente definido — uma casa de esquina entre uma Street e uma Avenue —, Spencer sente terror, suspeita que o outro esteja atrás de uma porta fechada que no entanto deveria estar aberta e, querendo evitar o confronto, abre uma janela no quarto andar, está pronto para saltar. Cada vez mais o caminho para nos salvarmos de nós mesmos é o abismo.

Detestava o apartamento, a forma do edifício, o lugar onde surgia, toda a cidade. Quando meus pais morreram, aluguei esta casa por um tempo e então a deixei para Betta, que, depois de um longo período no exterior, voltara a Nápoles. Sempre gostei de Betta, mas distraidamente. Todos os meus afetos foram afetos distraídos, e agora me ressinto um pouco disso.

O lápis tomou minha mão, ou melhor, a modificou. O traço, que enquanto tentei ilustrar James era vacilante, tornou-se veloz, tão veloz que, durante os esboços, me causou uma espécie de regresso-relâmpago, não sei de que outro modo chamá-lo. Os dedos me restituíram, a esta hora da noite, a impressão de serem independentes, a mesma impressão que senti quando era menino e não sabia dessa minha capacidade, descobrindo-a entre o espanto e a maravilha. Por um instante tive a impressão, enfim, de que me voltava a mão autônoma de quando eu tinha uns doze anos, como se todo meu percurso de artista — as influências do tempo que me coube por acaso, o modo de me inserir naquele tempo tentando encontrar um caminho meu — houvesse sumido. Não sabia mais desenhar como sei fazer agora. Ou sabia desenhar, mas como outrora.

19 de novembro. A forma do fantasma é o fruto das hipóteses de Spencer e dos sonhos de Alice. Duas individualidades bem determinadas extraem de si uma forma possível. Movimento: o que James não narra é de que modo o alter ego de Brydon saiu da *indistinctness*. Mas eu devo fazer isso. Preciso traçar o outro exatamente enquanto sai da similitude e se separa de Brydon, tornando-se progressivamente estranho a ele. Vou desenhar uns Brydons que pulam para fora de Brydon, cada um bem diferente do outro, e todos diferentes do Brydon real.

Na sala de estar há um quadro meu vermelho e azul com uma sineta real no centro, dessas usadas para o gado de pasto. O menino deu fortes batidas no sino, o que me deixou nervoso. Falei:
— Mario, não se faz isso.
— Mamãe me deixa fazer.
— Enquanto eu estiver aqui, não faça.
— Você quer tocar também?
— Não.
— Papai diz que, se há um sino, é para ser tocado.
— Não esse sino; seja como for, não agora.

Mesmo quando me dou conta da minha mesquinhez, não a sinto encarnada por aquilo que fiz — coisa de qualidade, digo a mim mesmo, ou em todo caso melhor do que a de tantos outros —, mas pela ligeireza com que me atribuí a capacidade de fazer o que nunca tinha sido feito.

Me detenho na cena culminante, o momento da *revulsion*, ou seja, quando o protagonista finalmente consegue desentocar o fantasma e sente repugnância por ele. Em dialeto, vomitar se diz *vummecà*, mas a pequena burguesia que quer falar com fineza diz lançar ou golfar. *Sinto que vou lançar, sinto que vou golfar*. Nessa passagem há um desafio explícito e ao mesmo tempo um lugar-comum da representação, do tipo:

nenhum grande artista teria sido capaz de retratar em todos os detalhes etc. etc. Pôr para fora o que você tem na cabeça. Proceder por conatos. Vomitar pelo esforço da invenção. Lançar.

O *algo* que Spencer caça é uma variação da sua carne viva. Ela está a princípio enovelada em si mesma, depois deve por força se desdobrar, deve ter um desenvolvimento, como se fosse feita de um número espantoso de fotogramas numa película daquelas de antigamente. Aqui em Nápoles muitos *eus* estiveram em botão desde a primeira adolescência, e ansiavam por se impor, agarrando-se às mil possíveis variações da cidade, porque também a matéria de Nápoles é variável, tantas, tantas cidades podiam existir nela, melhores ou até piores do que esta. Mas foram possibilidades que tiveram vida breve, e eu as descartei. Ou talvez tenha apenas acreditado que o fiz. Queria tentar me tornar uma coisa só e pronto, um artista de relevância planetária, um dos poucos que serão recordados até que o sol se apague, ou talvez até depois, em planetas habitáveis, sob sóis benevolentes. Não consegui, e agora as velhas variações — clones defeituosos, fabricados pela consciência descontente — se erguem todas com uma força inesperada, como vermes — velho símile retirado de James — quando se levanta uma pedra.

Nesta noite, enquanto Mario e seus pais briguentos e os móveis da casa dormem, os clones parecem se equilibrar sobre uma grande esfera, e seus corpos cingidos, momentaneamente aliados, se elevam segundo a forma sinuosa do ponto de interrogação. A imagem poderia servir, mas preciso procurar outras. A variabilidade é difícil de desenhar. Queria fixar o momento em que você é de um jeito e então *se* repele, deixando apenas as quinquilharias que lhe servirão para ser outro.

Em que se transformará *este* menino *nesta* cidade? Todo esse seu *eu sei, eu faço* já aos quatro anos se tornará uma exibição vazia de noções insossas, de competências inexistentes, vontade ácida de desforra, bravatas? Quando parei de me achar excelente sozinho, de considerar tudo o que eu fazia uma proeza? Tarde, creio. Ou quem sabe nunca, nem mesmo agora. Tenho um grande afeto, que cresce com o tempo em vez de diminuir, pelo eu que dolorosamente selecionei entre tantos, *o meu eu*. Como amamos — todos — nosso geniozinho falastrão. O esforço começa quando o lançamos no mundo para que seja amado tanto quanto o amamos. Coisa impossível. Ao esforço se segue a decepção.

Moço de barbearia, um rapaz de treze anos que escovava pelos dos ombros dos clientes. Aprendiz numa oficina, torneiro na Alfa Romeo, operário em Bagnoli. Vendedor de *carncòtt e pierepuórc* na Porta Capuana. Camorrista assassino, malandro, entrão, politiqueiro que combina legalidade com ilegalidade, instituições com trambicagens, com a prisão de Poggioreale. Seguir o caminho da grana: tornar-se milionário espantando os honestos, corrompendo-os, roubando, devastando. Ou seguir a via da lamúria cotidiana do empregado no bar, entre um café e uma *sfogliatella*, recitando o papel de quem podia fazer mais e que, por excesso de rebeldia honesta, nunca fez. Ou ficar na janela esperando que dos becos e da periferia as multidões de desesperados transbordem para subverter o mundo — quem está em cima desce — e o sangue escorra em riachos para que finalmente cada um dê segundo suas capacidades, e a cada um seja dado segundo suas necessidades. Estes e outros e outros mais são os fantasmas que ora saltam pelos cômodos da minha adolescência. Não preciso, como Brydon, recorrer à metáfora da carta não lida que, se lida, teria revelado quem sabe o quê. Eu li todo o legível da minha existência e sei que esses espectros se assemelham a mim. Seria bonito se eles mesmos me considerassem uma sombra vagante e, ao me verem, se aterrorizassem — mas não é assim. Muito tempo atrás, aos vinte anos, pensei que contribuiria para debelar os piores cidadãos de Nápoles e do mundo estendendo uma mão firme, com minhas obrinhas impiedosas e esperançosas, aos melhores. Não aconteceu: os piores estão se lixando para a arte, querem o poder, sempre mais poder, e por isso continuam expandindo dinheiro e terror, afinando o número dos que não estão no jogo.

20 de novembro. Não suporto conversar com o menino me autodefinindo como *o vovô*. Não sou *o vovô*, sou *eu*. Não sou uma terceira pessoa, sou uma primeira. Mas minha filha logo me impingiu a falar assim, e comecei a fazer isso para não contrariá-la. Ou talvez não só por isso. Parece-me excessivo opor o meu eu ao de Mario. Então é melhor dizer, mesmo sendo meloso: o vovô não quer, o vovô lamenta, o vovô não vai ler uma historinha.

Brydon tende a desentocar a presa com a atitude de um alegre caçador. De início está tranquilo, dá por certo que capturará algo que de um modo ou de outro se assemelha a ele, não duvida que o ocupante da casa seja alguém como ele. Todavia, de passagem em passagem, o dispositivo da analogia emperra. O Brydon europeu e o Brydon americano, o culto libertino e

o homem que negocia imóveis não têm nenhuma afinidade. O irregular prevalece sobre a norma, o rosto do espectro nova-iorquino se torna *um indistinto* que Spencer já não consegue materializar com base na semelhança em relação a si. O próprio James põe de lado o *como* e recorre a uma anomalia. Uma das mãos com que o fantasma oculta seu rosto tem dedos decepados. Quanto a Alice, ela me parece ainda mais em apuros do que Brydon. A afetuosa senhora sabe que na casa se enfrentaram

duas projeções de todo incompatíveis, e agora o problema é como manter juntos o volúvel europeu de monóculo elegante e o grave americano de dedos tronchos. O primeiro *não é como* o segundo, mas mesmo assim Alice, que deveria escolher de qual lado estar, ama Spencer e confusamente não desdenha o fantasma. A consequência é que Brydon já se rói de ciúmes por um nada que parecia ser ele e no entanto não é — mas, quem sabe, poderia. Não, não me parece um final feliz. Que nada. Uma das mentiras difíceis de morrer é que as histórias possam de fato terminar em alegria.

Penso em Betta e Saverio. Que me importa Spencer, que me importa Alice: aqui eu desenho meu genro, minha filha. E também essa mulher, Salli. Trocamos umas palavras. Ela gosta de perder tempo conversando, e eu quero parecer simpático, preciso poder contar com sua ajuda. Entendi que ela sabe mais do que eu sobre as tensões entre Betta e Saverio.

— Lamento pelo Mariuccio — disse, longe dos ouvidos do menino. — Quem tem filhos não deveria se separar.

— Eles não chegaram a esse ponto, há apenas um certo nervosismo.

— Você diz isso porque mora longe e não escuta as brigas.

— Vai passar.

— Tomara.

Mas entendi que ela não acredita nisso. De um lado, teme que uma separação influa negativamente no menino; de outro, dá para perceber que ela não nutre simpatias nem por Betta nem por Saverio. Começou com frases genéricas do tipo: são ótimas pessoas, grandes professores, mas exigem demais do pobre menino. Então, talvez para não falar mal de Betta ao próprio pai, se concentrou em Saverio: tanta inteligência, tanta atenção, e no fim das contas. Estou de acordo.

21 de novembro. Despertei com o desejo de ser punido pelo que não fui capaz de fazer.

Na velhice, até o sistema nervoso se desgasta, até o canal lacrimal.

O corpo de Ada era um poço de ciência a jorrar das profundezas de gerações abastadas e de ótima educação. Alguém com minhas origens tinha a impressão de se tornar melhor só de olhar boquiaberto como ela se movia, como modulava a voz. Tinha sido feita para outros, eu a tomei abusivamente, eu a forcei. Ou ao menos assim Betta acreditou desde menina. Não se deu conta de que vivi como subalterno, a mãe dela sabia tudo e eu, quase nada. Tive sempre medo de perdê-la e me defendi lhe impondo as urgências do meu suposto talento. Se achasse que ela me negligenciava, lhe dizia:

— Você não me ama.

— Eu te amo muito.

— Ama aquilo que não sou.

— Sei perfeitamente quem você é.

— Então não me ama.

— É você que não me suporta pois o que tem na cabeça não combina mais comigo.

Tínhamos conversas assim, mesmo depois de ela adoecer, até o dia em que morreu. Tentei arrancá-la do corpo, do pensamento. Mesmo depois de ter lido seus cadernos, não deixei de amá-la.

Mario se considera capaz de qualquer proeza possível. Tivemos mais ou menos o seguinte diálogo:

— Sabe que eu sei fazer xixi sem segurar o pinto?

— É mesmo?

— É verdade, vovô. E o xixi sai reto, não o deixo cair no chão. Você consegue fazer isso?

— É arriscado.

— Não, se fizer direito. Tente.

— Nem pense nisso. E não ouse molhar o chão.

O menino é bem-educado e ao mesmo tempo ingovernável. Tem um golpe de vista que me surpreende. Há algo de físico na expressão *golpe de vista*: choque e velocidade. É como se o globo ocular — nada menos contundente — ajustasse a mira e disparasse em alguma coisa do mundo, atingindo o alvo com violência. Estou cheio da linguagem figurada. Cheio das figuras, das figurinhas, das figurações, de tudo. Preciso ficar atento à sacada, vou passar um belo sabão em Saverio e Betta. De tanto pensar em si mesmos, se lixaram para mim. O que aconteceu com Salli poderia ter acontecido com Mario, e o que eu iria fazer?

Nesta manhã, não sei se tenho medo pelo menino ou se tenho medo do menino.

Questo libro è stato tradotto grazie ad un contributo alla traduzione assegnato dal Ministero degli Affari Esteri e della Cooperazione Internazionale Italiano.

Este livro foi traduzido graças ao auxílio à tradução conferido pelo Ministério Italiano de Relações Exteriores e Cooperação Internacional.

Scherzetto © Giulio Einaudi Editore S.P.A. Turim, 2016.

Todos os direitos desta edição reservados à Todavia.

Grafia atualizada segundo o Acordo Ortográfico da Língua Portuguesa de 1990, que entrou em vigor no Brasil em 2009.

capa
Elisa v. Randow
imagem de capa
François Halard
ilustrações
Dario Maglionico
preparação
Silvia Massimini Felix
revisão
Jane Pessoa
Ana Alvares

4ª reimpressão, 2024

Dados Internacionais de Catalogação na Publicação (CIP)

Starnone, Domenico (1943-)
Assombrações / Domenico Starnone ; tradução Maurício Santana Dias. — 1. ed. — São Paulo : Todavia, 2018.

Título original: Scherzetto
ISBN 978-85-88808-34-8

1. Literatura italiana. 2. Romance. I. Dias, Maurício Santana. II. Título.

CDD 853

Índice para catálogo sistemático:
1. Literatura italiana : Romance 853

Bruna Heller — Bibliotecária — CRB 10/2348

todavia
Rua Luís Anhaia, 44
05433.020 São Paulo SP
T. 55 11. 3094 0500
www.todavialivros.com.br

fonte
Register*
papel
Avena 80 g/m²
impressão
Forma Certa